Bianca

IRRESISTIBLE PASIÓN
Andie Brock

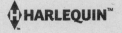

Editado por Harlequin Ibérica.
Una división de HarperCollins Ibérica, S.A.
Núñez de Balboa, 56
28001 Madrid

© 2019 Andrea Brock
© 2020 Harlequin Ibérica, una división de HarperCollins Ibérica, S.A.
Irresistible pasión, n.º 2759 - 19.2.20
Título original: Reunited by the Greek's Vows
Publicada originalmente por Harlequin Enterprises, Ltd.

I.S.B.N.: 978-84-1328-779-9
Depósito legal: M-38642-2019
Impreso en España por: BLACK PRINT
Fecha impresion para Argentina: 17.8.20
Distribuidor exclusivo para España: LOGISTA
Distribuidor para México: Distibuidora Intermex, S.A. de C.V.
Distribuidores para Argentina: Interior, DGP, S.A. Alvarado 2118.
Cap. Fed./Buenos Aires y Gran Buenos Aires, VACCARO HNOS.

MIXTO
Papel procedente de fuentes responsables
FSC® C108412

Capítulo 1

KATE se quedó inmóvil con la espumeante botella de champán en la mano. «¡Por favor, no! ¡Él no! ¡Aquí no!». Cerró con fuerza los ojos rezando para que, cuando volviera a abrirlos, él se hubiera esfumado milagrosamente. Pero no. No fue así. Él seguía allí y el shock que le había producido a ella su presencia borraba a todas las demás personas presentes en la sala.

Vio horrorizada cómo se inclinaba para dirigirse al atento camarero. Tan guapo como siempre. Esculpidos rasgos y piel aceitunada. Con sus anchos hombros e imponente altura, se movía con una gracia familiar y atlética. Nikos Nikoladis. Su primer amor. Su antiguo prometido. El hombre que le había roto el corazón.

–¡Eh, guapa, ten cuidado con ese champán! –le dijo un comensal de la mesa de Kate mientras extendía la mano para sujetar la de ella–. Si supieras lo que cuesta, lo tratarías con un poco más de respeto.

Mientras el resto de los hombres sonreían burlones para mostrar su acuerdo, Kate se obligó a disculparse y a sonreír también mientras les llenaba las copas. No sabía exactamente lo que costaba, pero sí sabía que el precio era exagerado, destinado a hacer que los clientes que pagaran por ello se sintieran muy importantes en vez de a complacer los paladares. Los enormes egos y la asfixiante testosterona del montón de peces gordos que estaban sentados allí aquella noche hacían que le resultara difícil respirar.

Sin embargo, esa era precisamente la razón por la

que se hallaba allí, el motivo por el que se había apuntado a aquella agencia que estaba especializada en organizar fiestas para el mundo empresarial. Por eso se había puesto aquella ceñida falda negra que a duras penas le cubría el trasero y el horrible chaleco de imitación a cuero que le ceñía el busto. Si había alguna posibilidad, por pequeña que fuera, de que pudiera persuadir a alguno de aquellos imbéciles arrogantes para que invirtiera en el renqueante negocio familiar, iba a aceptarla. Si eso significaba tener que hacer de camarera en aquel horrible evento, flirtear un poco con aquellas personas y engordar sus enormes egos, así lo haría.

Los momentos desesperados requerían medidas desesperadas y, ciertamente, Kate estaba desesperada. Y eso había sido así incluso antes de la mortificadora aparición de su exprometido.

Bajó la cabeza y dejó que una cortina de cabello rubio le cayera por el rostro. Miró de nuevo en su dirección. Se negaba a reconocer que los latidos del corazón se le habían acelerado. Nikos, por su parte, se hallaba tan absorto en la conversación que estaba teniendo con el director de una importante empresa que no se había dado cuenta de la presencia de Kate. Eso le sirvió a ella de consuelo. Además, no estaba sentado en ninguna de las mesas que le correspondían, por lo que también se sintió tremendamente agradecida.

Con un poco de suerte, si se mantenía de espaldas a él, evitaría que Nikos la viera. Su nuevo peinado la ayudaría también. La larga melena de rizos rubios era muy diferente al cabello liso y castaño que pertenecía a la Kate que él había conocido.

Se negó a dejarse llevar por el pánico y salir corriendo. Por mucho que deseara decirle a la agencia lo que podían hacer con aquel sórdido trabajo, con su degradante atuendo y los horribles invitados, el hecho era que se trataba de un empleo bien pagado. Aunque sabía que era una ingenua al pensar que podría convencer a uno de aquellos hombres para que invirtiera en Kandy Kate, sí que podría obtener buenos consejos. Además, necesitaba el dinero.

Aquella noche había allí al menos unos trescientos invitados y más de treinta camareras. Mientras mantuviera la cabeza fría, no le sería difícil evitar a Nikos. Lo conseguiría, porque encontrarse cara a cara con él cuando iba vestida como una fulana era una humillación a la que no pensaba someterse.

En cualquier caso, ¿qué estaba haciendo él allí? Lo miró de soslayo. Nunca habría considerado a Nikos la clase de hombre que asistiría a una cena de aquellas características… aunque fuera benéfica. Pero, por otra parte, tampoco había pensado que era la clase de hombre que haría pedazos su vida tal y como lo había hecho ni que sería capaz de tanta crueldad. En realidad, no tenía ni idea de cómo era Nikos.

Lo que sí sabía era que él le había robado por completo el corazón. El guapísimo adonis griego que había servido su mesa una cálida noche de verano en Creta hacía ya tres largos años. El atractivo, encantador y seductor desconocido que había paseado por la playa con ella, tomándola de la mano, besándola bajo las estrellas y poniendo su mundo patas arriba con una locura de amor que ella había pensado que solo existía en los libros.

Aquel verano había sido el más maravilloso de su vida. El dolor que experimentó después fue más de lo que nunca hubiera imaginado posible.

¿Por qué le sorprendía que acudiera a aquella clase de eventos? Ciertamente era lo suficientemente rico. De hecho, seguramente podría comprar a todos aquellos tipos sin que eso supusiera más que un ligero gasto en su multimillonaria fortuna.

Kate había sido testigo desde la distancia de su meteórico ascenso. El joven despreocupado y relajado del que se había enamorado y que no había tenido más dinero que el indispensable cuando ella lo conoció, se había convertido en un hombre de negocios multimillonario casi de la noche a la mañana. En un abrir y cerrar de ojos.

Por el contrario, con la fortuna de Kate había ocurrido justo lo contrario. Desde la muerte de su padre, Kandy Kate, el negocio de confitería y dulces de su familia, había sufrido varios reveses fruto de malas decisiones. Sin embargo, Kate estaba absolutamente decidida a que aquello cambiara. Iba a salvar Kandy Kate, aunque aquello fuera lo último que hiciera en su vida. Era el legado de su padre, y él le había puesto el nombre en honor de Kate. La empresa lo había significado todo para él. Solo por eso, también lo significaba todo para ella.

—¡Eh, guapa, me muero de sed!

Una serie de carcajadas jocosas resonaron en la mesa. Kate se centró de nuevo en el trabajo que se suponía que tenía que hacer.

—¡Ven aquí con ese trasero tan bonito que tienes y lléname la copa!

—Sí, señor, por supuesto —replicó Kate, conteniendo su ira en silencio. Rodeó la mesa y siguió dándole la espalda a Nikos lo mejor que pudo.

—¿Qué te pasa, guapa? ¿Acaso te doy miedo? —le preguntó el hombre. Estiró el brazo y rodeó con él la cintura de Kate para acercarla un poco más—. Pues déjame que te diga que no hay necesidad alguna. Soy más bueno que el pan. Pregúntaselo a cualquiera —añadió seguido de las afirmaciones ebrias de los que le rodeaban—. ¿Por qué no te sientas en mi regazo y te enseño lo bueno que puedo ser?

Kate dio un paso atrás y apretó un poco más el cuello de la botella de champán, como si estuviera estrangulándola, algo que le habría gustado hacer con el hombre que le había hablado así.

–No se me paga para sentarme, señor –le dijo entre dientes.

–¿No? Bueno, estoy seguro de que te merecería la pena. ¿Qué decís vosotros, chicos?

El hombre se abalanzó hacia ella. Kate perdió el equilibrio y cayó hacia él. Trató de incorporarse, de apartarse de él, pero el hombre era demasiado fuerte para ella. Antes de que pudiera reaccionar, él la había sentado con firmeza sobre su regazo, tras separar las piernas para acomodarla mejor. El aliento empapado de alcohol le subía a Kate hasta el rostro. Cuando él ajustó un poco más la postura y la apretó contra la entrepierna, Kate pensó que iba a vomitar.

Ningún trabajo merecía la pena si tenía que pasar por algo así. El dinero no compensaría el hecho de que la estaban tratando como a un trozo de carne.

«Por el amor de Dios, Kate», se dijo. «Respétate».

Sin embargo, no debía hacer una escena. Lo último que quería era llamar la atención cuando Nikos estaba sentado no muy lejos de allí. Se apartó lo que le fue posible, sintiendo náuseas al darse cuenta de que su movimiento solo había servido para excitar más a aquel tipo. Entonces, dejó la botella de champán sobre la mesa y empezó a levantarse.

–No, no. De eso nada –dijo él obligándola de nuevo a sentarse–. Estoy empezando a divertirme. Seguramente ya lo has notado…

Desde el otro lado de la sala, Nikos entornó la mirada y se giró ligeramente en la silla para poder mirar mejor. Había algo en aquella mujer que le resultaba familiar. No podía ser… ¿O sí?

La había estado observando mientras se movía alrededor de la mesa, llenando las copas de unos ruidosos invitados que ya habían bebido más que suficiente. Estaba de espaldas a él y a una cierta distancia y, además, la melena de rizos rubios le decía que debía de estar equivocado. Sin embargo, mientras la observaba, ella había levantado la mano para llevársela a la oreja y tirarse de ella, en un gesto de inconsciente vulnerabilidad que le había visto hacer en cientos de ocasiones.

En ese momento, Nikos lo supo sin ninguna sombra de duda.

Era ella. «Kate O'Connor».

Se reclinó en el asiento esperando que se le calmara el corazón. ¿Cómo era posible? Era casi como si la hubiera conjurado mentalmente, porque últimamente había pensado mucho en Kate O'Connor. ¿Acaso no había volado más de cinco mil kilómetros solo por ella? La perspectiva de ir a verla a su despacho a la mañana siguiente le había reportado una sensación de placer algo retorcido que había hecho que casi disfrutara del viaje.

Y, de repente, allí estaba. Justo delante de él, como si fuera una aparición vestida con ropas de fulana. Nunca habría esperado encontrarla en un lugar como aquel y mucho menos con ese aspecto. Él mismo no estaría allí si no le hubiera convencido un socio que había insistido en que charlaran durante aquella cena. Al ver cómo era el evento, había estado a punto de darse la vuelta, pero algo le había empujado a quedarse. Debía de haber sido su sexto sentido.

Incapaz de apartar la mirada, Nikos vio cómo aquel tipo rodeaba con el brazo la cintura de Kate y la obligaba a sentarse sobre su regazo. Sintió que apretaba los puños, pero recordó que no era asunto suyo. Tal vez todo formaba parte del servicio.

Él había esperado una especie de satisfacción al ver a Kate reducida a aquello, pero no había sido así. Nikos no encontraba consuelo alguno en su caída.

Quería que así fuera. Desesperadamente. Quería disfrutar cada instante de aquel degradante espectáculo, gozar con él y sentir que deshelaba el centro de su ser, que se había endurecido como una piedra en los años que habían transcurrido desde su amarga ruptura.

Sin embargo, al verla sobre el regazo de aquel pervertido, lo que sintió no tenía nada que ver con el consuelo. Era rabia, tan amarga y agria que le ardía en la garganta como si fuera bilis.

Kate O'Connor era suya. O, al menos, lo sería muy pronto.

Se tomó lo que le quedaba del whisky de un solo trago y se obligó a calmarse. Su instinto le animaba a gritar a aquel hombre, a levantar a Kate de su asqueroso regazo y sacarla de allí.

Le costó, pero se contuvo para no hacerlo. Nikos era demasiado inteligente para reaccionar así. Estaba allí para reclamar a su antigua prometida, aunque ella aún no lo supiera.

Decidió que había llegado el momento de marcharse.

De vuelta en su pequeño apartamento, Kate se tumbó en la cama y trató de ocultar el rostro en la colcha. Aquella había sido una de las noches más humillantes de toda su vida y eso que, últimamente, había tenido unas cuantas.

Se sentó y se deslizó hasta el borde del colchón para apoyar los codos sobre lo alto de la cómoda. Aquel apartamento era tan pequeño que, durante la primera semana que pasó allí, había tenido que luchar contra la claustrofobia y los ataques de pánico en medio de la noche. Sin embargo, de eso hacía ya mucho tiempo y se había acostumbrado. Su espacioso ático en lo alto de la KK Tower, el que había sido el hogar familiar antes de que todo empezara a ir mal, era ya tan solo un distante recuerdo.

Se miró en el espejo e hizo un gesto de horror. Casi no reconocía a la mujer tan maquillada que le devolvía la mirada. Seguramente era lo mejor, porque esa mujer no era ella. Tan solo era un medio para conseguir un objetivo, un objetivo que ella no parecía estar alcanzando lo suficientemente rápido.

Levantó la mano y se agarró el cabello para quitarse la peluca rubia. Sacudió la cabeza y se deslizó los dedos por el oscuro y corto cabello. Se volvió a mirar. Mucho mejor. Hacía ya más de un año que llevaba aquel estilo. La decisión de cortarse la larga melena castaña había sido para presentar una imagen más profesional y seria.

Su negocio aún llevaba su nombre, pero Kate ya no era la niña feliz de mejillas sonrosadas que había dado publicidad a la empresa durante los años de su infancia, la niña cuyas trenzas castañas y sonrisa mellada habían ayudado a vender millones de dulces y que habían hecho que Kate fuera reconocible al instante.

Kate ya era una mujer adulta, presidenta del imperio Kandy Kate. Como tal, su cometido era salvar la empresa y mantener la producción, lo que significaba generar el dinero suficiente para pagar a los proveedores. Y cuidar de sus empleados, algunos de los cuales llevaban en la empresa desde el principio y que eran como parte de su familia. Eran empleados leales, que habían apoyado a Kandy Kate en los malos momentos, aceptando recortes en los sueldos y, en ocasiones, sin cobrar, porque habían querido mucho a su padre y tenían fe en que Kate conseguiría reflotar la empresa.

Kate estaba totalmente decidida a no defraudarles. De algún modo, iba a salvar la empresa, aunque no tenía ni idea de cómo iba a hacerlo.

Se quitó las odiosas pestañas postizas y parpadeó aliviada. Entonces, se desmaquilló antes de dirigirse a la ducha. Se sentía sucia, manchada, tanto que ni siquiera el agua caliente servía para retirar el aroma de aquella velada, que parecía habérsele tatuado en la piel. Al menos, había conseguido aguantar hasta el final, lo que significaba que la pagarían. Y, más importante aún, había evitado que Nikos la reconociera. Solo eso, hacía que el disfraz mereciera la pena.

Cuando por fin consiguió levantarse del regazo de aquel borracho, miró hacia donde Nikos estaba sentado, temerosa de que él pudiera haber sido testigo de la humillante escena. Sin embargo, descubrió con alivio que él se había marchado. Miró a su alrededor y no lo vio por ninguna parte. Cuando, veinte minutos después, vio que su asiento seguía vacío, había respirado aliviada.

Lo había conseguido. Si Nikos la hubiera reconocido, él no se habría podido resistir a mirarla, a observarla con aquellos ojos oscuros como el ébano, gozando al ver cómo ella había caído.

Porque caer, había caído y desde una buena altura. Después de que su padre muriera, Kate y su madre habían quedado al mando de Kandy Kate y, entre las dos, habían puesto al negocio de rodillas. La combinación de las erráticas decisiones de Fiona O'Connor y la ingenuidad de Kate había convertido rápidamente lo que era un negocio próspero y bien considerado en una empresa al borde de la bancarrota.

Kate había comprendido demasiado tarde que su madre no era lo suficientemente fuerte mentalmente para llevar sobre los hombros una responsabilidad tan grande. En ese momento, el nombre de Kandy Kate había caído hasta lo más bajo. Ya no se asociaba con los valores tradicionales y una imagen perfecta, sino que era presa de los comentarios indiscretos de su nueva jefa.

Convencida de que ella estaba más capacitada, Fiona entró en el despacho en su primer día de trabajo como una tormenta y tomó una serie de decisiones ridículas y alocadas. La junta trató de controlarla, pero ella no lo consintió, convencida de que tan solo querían ponerse en su contra porque no la aceptaban. Hasta tal punto llegó la tensión que todos los que se enfrentaron a ella fueron despedidos en el acto, incluso los consejeros de más confianza.

Mientras seguía aquella carnicería, Kate le suplicó a su madre que diera un paso atrás, que le dejara a ella la dirección de la empresa por el bien de la salud mental de Fiona y el de la empresa. Sin embargo, resultó que el hecho de dejar Kandy Kate en sus manos fue aún peor. Fue incapaz de controlar al nuevo director financiero, que había sido nombrado por Fiona después de que el anterior fuera despedido por protestar, y firmó papeles sin leerlos adecuadamente, delegando poderes en él sin darse cuenta de que sus intenciones eran fraudulentas.

La ingenuidad y la falta de experiencia de Kate le costaron muy caro a la empresa. A los pocos meses, el director financiero les había estafado grandes cantidades de dinero dejando a Kate en una situación aún más desesperada.

Desde entonces habían pasado casi tres años y Kate había madurado considerablemente, pero, a pesar de sus esfuerzos, a pesar de venderlo casi todo y de trabajar todo lo que podía, suplicando a los bancos, a los inversores y a cualquiera que pudiera estar interesado en inyectar una buena cantidad de capital en la empresa, Kate no había conseguido nada. El negocio seguía en un estado lamentable. Tan solo un milagro sería capaz de hacerlo salir a flote.

La prensa, por supuesto, estaba frotándose las manos. Fiona O'Connor siempre había sido una buena fuente de titulares para la prensa sensacionalista con sus caros gustos y sus erráticas salidas de tono, pero, como imagen de Kandy Kate, Kate era el premio gordo. Había estado toda la vida acosada por la prensa. Nunca sabía cuándo iba a haber alguien esperándola para sacarle una foto. Por eso, Kate se había asegurado todo lo que había podido de ocultar su identidad para el evento en el que acababa de trabajar como camarera. Por eso, había utilizado un nombre falso, una peluca rubia y más maquillaje que un payaso.

Se metió en la cama y se cubrió hasta la barbilla con la sábana. Tal vez había llegado el momento de rendirse. Aquella mañana había descubierto que el precio de las acciones de Kandy Kate se había incrementado, lo que solo podía significar una cosa. Alguien estaba planeando una OPA hostil. Justo lo que necesitaba.

Había esperado poder sacar información sobre quién podía estar detrás en la cena de aquella noche. Evidentemente, no había podido decir quién era ella, pero a los hombres de negocios les gustaba presumir y el champán les soltaba la lengua. Desgraciadamente, también las manos. Les había resultado más interesante tocarle el trasero o mirarle el escote que darle la información que ella estaba buscando.

Cerró los ojos. Ojalá pudiera dormirse. Estaba agotada, tanto física como emocionalmente. Sin embargo, no lograba conciliar el sueño. En vez de eso, la poderosa imagen de Nikos ocupaba su pensamiento, obligándola a abrir los ojos.

La profunda sorpresa que había sentido al verlo aquella noche la tenía en tensión. Los tres años que habían pasado desde la última vez se habían desvanecido como el vapor. Una mirada a aquel hermoso rostro había bastado para que los recuerdos de su ruptura regresaran inconteniblemente. La pelea, las cosas que se habían dicho... palabras horribles, odiosas y brutales que ella recordaba con total claridad. Se sentía como si el tiempo, simplemente, hubiera destilado el dolor y lo hubiera hecho aún más potente cuando volvió a clavar sus garras en ella una vez más.

Cuando Nikos la dejó, el mundo de Kate se desmoronó. Sus esperanzas y sus sueños se derrumbaron ante sus ojos, aparentemente construidos sobre nada más resistente que las arenas cambiantes del optimismo ciego y del amor sin reservas. Había caído en un lugar tan profundo, tan oscuro, que se había temido que no volvería a ver nunca más la luz.

Sin embargo, de algún modo había conseguido emerger y había sobrevivido.

Mientras observaba la pintura descascarillada del techo, admitió que la relación había estado maldita desde el principio. Siempre había habido grietas, que se habían ignorado por la tórrida pasión que los consumía.

En realidad, ella no había sido parte inocente en lo ocurrido. Al elegir no decir la verdad sobre la riqueza de su familia y de su lujoso estilo de vida, había sido culpable de engañar a Nikos. Había sido egoísta, pero el alivio de verse liberada de los grilletes de Kandy Kate había resultado tan maravilloso, tan liberador, que había mentido por omisión para tratar de que fuera así el mayor tiempo posible.

Solo durante un tiempo, había querido ser Kate

O'Connor, una chica normal y corriente que había tenido la suerte de enamorarse del hombre más maravilloso del mundo.

El problema fue que no habló de Nikos a sus padres ni del hecho de que se había comprometido precipitadamente con él y que quería casarse tan pronto como fuera posible.

Lo hizo porque sabía el revuelo que causaría. Sabía que su madre se pondría hecha una furia e insistiría en que el compromiso fuera anulado inmediatamente. Fiona no permitiría nunca que su hija se casara con un griego sin fortuna. Su pobre padre se vería implicado, destrozado entre las dos mujeres de su vida, tratando, como siempre, de mantener la paz entre ellas.

Kate decidió por tanto que mantendría el compromiso en secreto todo el tiempo que pudiera. Sin embargo, cuando llegó la noticia de que su padre estaba gravemente enfermo, su pequeño secreto empezó a crecer y tomó vida propia.

Mientras hacía planes para volver precipitadamente a Nueva York, Nikos dio por sentado que iba a marcharse con ella. Sin embargo, Kate no iba a consentirlo. Sus padres ni siquiera sabían de su existencia y no podía presentarse con él sabiendo el modo en el que reaccionaría su madre. Con ello, sufriría la frágil salud de su padre aún más.

Por lo tanto, insistió en que Nikos se quedara en Creta. Aún recordaba el gesto de dolor que se reflejó en el rostro de él cuando se lo dijo. A pesar de que se le rompía el corazón, Kate se mantuvo firme. Se marchó de su lado cuando lo único que deseaba era que él la tomara entre sus brazos.

Si se hubiera sincerado con él en aquel momento y le hubiera confesado todo, ¿habría sido diferente el resultado?

Lo había pensado mil veces, pero ya no había vuelta atrás. El dolor de Nikos se había transformado en una ira cuidadosamente controlada, en una animosidad fría que descendió sobre ellos mientras se despedían.

El beso que Nikos le dio en la mejilla había acentuado aún más el abismo que los separaba.

El padre de Kate murió dos semanas después. Mientras trataba de organizarlo todo, de cuidar de su madre y de tratar de superar su propio dolor, Nikos se presentó. Sin previo aviso. Sin que nadie lo invitara. Aunque ella se alegró mucho de verlo y a pesar de que él era la persona que más deseaba ver en el mundo entero, Kate sintió que el pánico se apoderaba de ella.

Le había dicho expresamente que no fuera a Nueva York. Su llegada no iba a causar más que problemas. Y así fue. Los problemas comenzaron casi inmediatamente.

A los pocos minutos, su secreto quedó al descubierto. Nikos dejó caer su bolsa de viaje y observó el lujoso apartamento con expresión sorprendida. Justo en ese instante, Fiona llegó y exigió saber quién era aquel hombre. Nikos le dio el pésame y se presentó como el prometido de Kate. En ese momento, Fiona dejó escapar un grito y se llevó la mano al corazón.

A Kate no le quedó más opción que tratar de mitigar los daños y calmar a su madre, aunque aquello significara apartar a Nikos de su lado.

Entonces, el último día, el día del entierro de su padre, el mundo de Kate se desmoronó por fin bajo sus pies.

Cuando estaba en su momento más bajo, Nikos se enfrentó a ella, destrozando sus pobres defensas e infligiéndole un dolor del que no había recuperación posible…

Kate se tumbó de costado y recordó la nueva imagen

de Nikos que había visto aquella noche, en la cena benéfica. El hombre tranquilo que ella había conocido, vestido con vaqueros y camisetas deslucidos por el sol y el mar ya no existía. Tampoco estaban ya los rizos oscuros. Su cabello estaba liso y bien peinado, tan elegante como el resto de su ser. Llevaba un esmoquin con la naturalidad de un hombre que hubiera sido siempre rico y transmitía un aire de urbana arrogancia que le decía al mundo que todo estaba a sus pies.

Ocultó el rostro en la almohada. Admitió, no por primera vez, que Nikos era el único hombre con la riqueza y los contactos suficientes para salvar su negocio. Sin embargo, no iba a pedirle nada. Tal vez solo le quedara un poco de orgullo, pero antes ardería en el infierno que entregarle a él ese poco. No. De ninguna manera. El infierno se helaría antes de que ella fuera a suplicarle nada a Nikos Nikoladis.

Capítulo 2

NIKOS contempló la KK Tower, un imponente edificio de cristal en el centro de Manhattan. Se había sorprendido al descubrir que las oficinas centrales de Kandy Kate aún estaban situadas allí. Por lo que había oído, todas las oficinas y apartamentos habían sido vendidos, aunque el edificio aún llevara el nombre de KK.

Bernie O'Connor lo había bautizado así. Había sido el resplandeciente símbolo del poder y del éxito del imperio Kandy Kate. Sus oficinas ocupaban varias plantas y el magnífico ático era el hogar de su adorada familia.

Nikos nunca había conocido a Bernie, pero, evidentemente, había sido un astuto hombre de negocios, algo que Nikos respetaba profundamente. Haber convertido en un éxito a Kandy Kate en lo que tenía que ser un mercado muy competitivo requería inteligencia y agallas.

Era una pena que no hubiera aplicado aquellos mismos principios en su vida privada. Por lo que Nikos suponía, Bernie se había equivocado por completo a la hora de elegir esposa.

Fiona O'Connor era una esnob arrogante, algo que ella le había demostrado desde el principio. Nikos podría haber aceptado su grosería. Después de todo, cuando se conocieron, Fiona acababa de quedarse viuda y él estaba dispuesto a hacer concesiones por ello. Podría haber excusado también su descarada hostilidad, dadas las circunstancias, particularmente al enterarse de que Kate había olvidado decirle a su madre que él existía. Sin embargo, Fiona lo había contemplado con horror y desprecio, como si él fuera peor que nada. Eso había afectado a Nikos profundamente.

Y luego lo de Kate…

Nikos apretó la mandíbula mientras entraba en el vestíbulo del edificio por la puerta giratoria. ¿Qué derecho tenía él a criticar a Bernie sobre su elección de esposa cuando él había cometido el mismo error? Él también se había enamorado de la mujer equivocada.

El «efecto Kate» había golpeado a Nikos como si fuera un tornado. La regla de oro de no implicarse nunca emocionalmente con ninguna mujer había estallado en pedazos. Con alegría y despreocupación, él tomó a Kate de la mano y se lanzó al vacío, sin tener en cuenta que debía protegerse. Se había visto completamente poseído por ese sentimiento tan poderoso llamado amor y no le había quedado más opción que obedecer los poderosos impulsos de su corazón.

Ella era hermosa, divertida, inteligente… Nunca antes había conocido a una mujer así. El verano que pasaron juntos en su ciudad natal, Agia Loukia, había sido tan especial, tan maravilloso, que Nikos había dado por sentado que su felicidad duraría para siempre. Cuando Kate aceptó casarse con él, había creído que su futuro estaba escrito y que su dicha era completa.

Sin embargo, demasiado tarde, Nikos se dio cuenta de que, cuando uno salta al vacío, en algún momento de la caída toma contacto con la tierra. En su caso, el aterrizaje había sido especialmente horrendo.

El descubrir que Kate nunca les había hablado a sus padres sobre él, que ni siquiera le había mencionado, había sido el primer puñetazo en el estómago. No era de extrañar que ella se hubiera negado a que la acompañara a Nueva York cuando su padre cayó enfermo.

No era de extrañar que ella no quisiera que asistiera al entierro de Bernie.

Las primeras sospechas de que Kate podría sentirse avergonzada de él se convirtieron en una certeza cuando Kate siguió tratándole con la misma frialdad. La mujer cariñosa y cálida de la que él se había enamorado en Creta había desaparecido para verse reemplazada por alguien a quien Nikos no conocía, alguien que parecía incapaz de mirarlo.

Su final resultaba inevitable, pero, a pesar de todo, fue más duro y más doloroso de lo que Nikos podría haber imaginado nunca. Descubrir lo que Kate pensaba de él y la baja opinión que tenía de él le dolió tanto como una puñalada en el corazón. Aún le dolía.

Sin embargo, había llegado el momento de purgar aquel recuerdo. Las tornas habían cambiado y Nikos tenía la intención de exigir su venganza.

El conserje le indicó qué ascensor debía tomar para ir a las oficinas de Kandy Kate, que ya no era el principal, sino uno mucho más pequeño. Nikos dudó un instante antes de apretar el botón y, entonces, el ascensor comenzó a bajar lentamente, como si se dirigiera al centro de la tierra.

Había decidido no anunciar su llegara. Prefería no darle a Kate la oportunidad de desaparecer o de preparar una sarta de mentiras. En su experiencia, el factor sorpresa siempre iba a su favor.

La oficina de Kandy Kate estaba al final de un largo pasillo. Tenía el nombre puesto en mitad de una puerta de cristal. Después de llamar tan solo una vez, Nikos entró directamente.

La sala era pequeña, oscura y vacía. No había luz natural y un tubo fluorescente lanzaba una deprimente y fría luz sobre un escritorio lleno de papeles y un par de sillas. Un ruido le alertó de que a la izquierda había otra habitación bastante más pequeña, casi como un armario. Alguien de sexo y edad indeterminados estaba allí, agachado frente al cajón de un archivador.

–Hola –dijo Nikos levantando la voz, dado que, evidentemente, la persona no lo había oído entrar–. Estoy buscando a Kate O'Connor.

Vio que la figura se tensaba. Empezó a ponerse de pie lentamente. Nikos sintió que se le hacía un nudo en la garganta. Por supuesto. Ella aún no se había dado la vuelta, pero al sacarse los cascos de los oídos, resultó evidente. La forma de la cabeza, el largo cuello…

Una vez más, Nikos había tardado algunos segundos en reconocerla, pero, si aquel era otro disfraz, ella iba a tener que esforzarse mucho más.

–Veo que la he encontrado.

–¡Nikos!

La exclamación resonó como una acusación en aquellos labios. Cuando ella por fin se dio la vuelta para mirarlo, Nikos captó la alarma en aquellos grandes ojos verdes y vio que el rostro de Kate había palidecido. Oyó que ella contenía el aliento. Todo le resultó muy gratificante.

La miró descaradamente, ignorando las habituales reglas del decoro. Sobraban entre ellos. Kate iba vestida completamente de negro, con el rostro libre de maquillaje y el cabello oscuro muy corto. Tenía un aspecto elegante, frágil y hermoso. Ciertamente, no se parecía en nada a la mujer que había visto la noche anterior. Un par de sencillos pendientes de plata eran su único adorno.

Kate apartó la mirada, tratando de evitar la de él. Nikos comprendió que ella estaba intentando desesperadamente recuperar la compostura y colocarse sobre el rostro una máscara de indiferencia. Guardó silencio.

–¿Qué es lo que quieres? –le preguntó ella por fin, aunque con voz débil–. ¿Por qué estás aquí?

—Pues vaya saludo, Kate —replicó él—. Menuda bienvenida después de tantos años.

—Yo no te pienso dar bienvenida alguna —le espetó ella mirándole por fin.

—No. Por supuesto que no. Qué ingenuo por mi parte.

La contempló con una sonrisa burlona y dio un paso atrás para volver a la oficina principal. Después de dudarlo un momento, se dirigió a una silla y retiró el montón de papeles que había sobre el asiento. Los mantuvo en la mano mientras ella pasaba con cierta dificultad al otro lado del escritorio.

—¿Te importa que me siente?

Le mostró los papeles y Kate se los arrebató. Nikos se sentó y estiró las piernas para luego cruzarlas en los tobillos. A continuación, entrelazó las manos y se las colocó detrás de la cabeza, en un gesto claro de dominancia.

—Bueno, cuéntame, Kate. ¿Cómo te ha ido? —le preguntó mientras la miraba, percatándose de que el color regresaba lentamente a su rostro.

Kate le dedicó una mirada de desprecio.

—Estoy segura de que no has venido aquí para preguntarme por mi bienestar. Te lo repito, Nikos. ¿Qué es lo que quieres?

—Dado que me lo preguntas, una taza de café estaría muy bien.

—¿Qué buscas presentándote aquí sin que yo te invite?

—Bueno, ya sabes que tengo por costumbre presentarme sin que me invites —repuso él con una sonrisa—. Ya deberías saberlo. Bueno, ¿qué me dices de ese café? Solo para mí, con una cucharada de azúcar. Pero supongo que lo recordarás.

Kate dudó. Parecía que preferiría ser víctima de cualquier tortura antes de hacerle una taza de café, pero, evidentemente, terminó decidiendo que no merecía la pena presentar batalla. Dejó los papeles encima del escritorio y se dirigió a una cafetera que tenía en un rincón del pequeño despacho. Mientras retiraba la jarra de la máquina, la mano le temblaba claramente.

Nikos se percató de ello y se alegró del efecto que estaba produciendo sobre ella. No era un gran consuelo después del modo en que Kate le había tratado, pero era un principio. Todo ello acrecentaba su sensación de poder.

Cuando Kate le ofreció la taza, Nikos le tocó deliberadamente la mano con la suya, pero Kate la retiró rápidamente.

—Entonces, ¿estas son ya las únicas oficinas que quedan del imperio Kandy Kate? —preguntó él mirando a su alrededor. Su tono era ligero y casual, pero no menos cortante por ello.

—Sí.

Kate se volvió a colocar detrás del escritorio y se sentó de mala gana. Cruzó los brazos sobre el pecho. Llevaba un jersey negro de cuello de pico, con las mangas remangadas. Nikos se dio cuenta de que había perdido peso. Sin embargo, el jersey se le ceñía al cuerpo y acentuaba sus aún deliciosas curvas. Kate tenía un aspecto sobrio, chic y sexy…

—Este despacho es perfectamente adecuado.

—Estoy seguro de ello —afirmó Nikos—. Con la situación en la que se encuentra Kandy Kate en estos momentos, me imagino que podrías dirigirla desde una cabina de teléfono. Después de todo, ¿cuánto sitio se necesita para irse a la bancarrota?

—¡Kandy Kate no está en bancarrota! —exclamó ella poniéndose de pie inmediatamente. Los ojos verdes parecían echar fuego.

—¿No? —respondió él con exasperante tranquilidad—. Pues no es eso lo que había oído.

–Pues has oído mal.

Kate se giró y se puso de perfil. Nikos observó la línea recta de su nariz y la delicada mandíbula. ¿Por qué no se había fijado antes en lo fina que era su mandíbula? Pensaba que conocía perfectamente cada centímetro del cuerpo de Kate.

Durante las semanas que habían pasado juntos, se había asegurado de explorar cada rincón de su cuerpo con las manos, la lengua y los labios. Hacer el amor con Kate había sido la experiencia más erótica de su vida, una maravilla compartida de la que ninguno de los dos había parecido poder saciarse. Ambos parecían haber sido poseídos por un insaciable apetito.

En realidad, si lo pensaba bien, no le había hecho el amor a ella, sino que lo había hecho con ella. una sinfonía de placeres sexuales que le había impedido pensar en ninguna otra mujer. Y la maldecía por ello.

La había maldecido una y otra vez después de regresar a Creta tras haber sido prácticamente expulsado de su casa, cuando la simple mención de su nombre había bastado para helarle la sangre. La había maldecido durante los años posteriores cuando, por muy atractiva, encantadora o disponible que hubiera sido una mujer, todas le habían parecido tan sensuales como bloques de madera después de los intensos placeres terrenales que había compartido con Kate O'Connor. Ni siquiera le había ayudado emborracharse para olvidar.

Y seguía maldiciéndola.

Nikos no se había dado cuenta de cuánto hasta que miró aquel altivo perfil y se dio cuenta de que el tiempo, lejos de disminuir el deseo que sentía hacia Kate, lo había mantenido latente, esperando a que ella lo despertara con una mirada de aquellos hermosos ojos verdes.

Se tomó un trago de café y refrenó sus pensamientos, que lo estaban conduciendo en una dirección no deseada, una dirección que no tenía nada que ver con sus planes, tan cuidadosamente calculados. Necesitaba centrarse en lo que debía hacer.

–Entonces, ¿Kandy Kate no está pasando por dificultades? Los informes dicen que tus ventas han tocado fondo y que los proveedores están amenazándote con tomar medidas legales, los empleados no cobran… ¿Todo es mentira?

–Sí. Bueno, es todo muy exagerado –añadió ella sin mirarle a los ojos.

–¿De verdad? Entonces, ¿el hecho de que tus ventas hayan tocado fondo tampoco significa nada? ¿Y tus accionistas están encantados con no recibir dividendos desde hace doce meses y viendo que su inversión se queda en nada?

–De hecho, últimamente los precios de las acciones han subido considerablemente. Estamos recuperando la confianza en la marca… –dijo Kate levantando orgullosa la barbilla.

–¿En serio? ¿No significará eso que alguien está a punto de realizar una OPA hostil?

Kate se mordió el labio inferior. Aquel gesto transportó a Nikos a un lugar profundo y oscuro.

–Bueno, sea como sea, eso no es asunto tuyo. De hecho, me gustaría que te marcharas. Inmediatamente.

Recorrió los pocos pasos que la separaban de la puerta para invitarle a salir, pero Nikos fue más rápido que ella y le cortó el paso con sus anchos hombros e imponente altura.

–Bueno, es en eso en lo que te equivocas. Es asunto mío. O, al menos, lo será muy pronto.

–¿Qué quieres decir con eso?

–Estoy seguro de que podrás averiguarlo tú sola, Kate –le dijo Nikos con una sonrisa–. Eres una mujer inteligente.

–¿Tú…? –empezó ella mientras alzaba la mano para tirarse del lóbulo de la oreja–. ¿Quieres decir que eres tú el que ha estado comprando las acciones?

Nikos apoyó la mano contra el umbral de la puerta. No iba a responder. Dejaría que su silencio hablara por él.

–¿Por qué? ¿Por qué ibas a hacer una cosa así?

–Porque creo que Kandy Kate es un negocio interesante… si se lleva bien. Estoy seguro de que demostraré que es una buena inversión.

–¿Una buena inversión? –le desafió Kate–. No te creo. ¿Por qué ibas a pensar algo así?

Nikos soltó una carcajada.

–Si tienes tan poca fe en tu negocio, no me extraña que esté en una situación tan desesperada.

–Tengo mucha fe en Kandy Kate, muchas gracias. Es en ti en quien no tengo ninguna.

–Ah, sí, por supuesto… Casi se me había olvidado.

–Pues a mí no.

Podía ver que Kate sentía que estaba recuperando terreno poco a poco. Le dejaría pensar así un rato antes de devolverle de nuevo a la realidad.

–Y yo que pensaba que estarías agradecida por encontrar un inversor. Aunque fuera yo.

–Tú no eres un inversor –le espetó Kate–. A mis espaldas, has estado comprando acciones de Kandy Kate casi regaladas con la intención de hacerte con el negocio. Tú mismo lo has dicho. Es una OPA hostil.

–No tiene por qué ser hostil –dijo él bajando la voz. Entonces, la miró fijamente y extendió la mano para agarrarle la barbilla cuando ella trató de apartar el rostro–. De hecho, si nos ponemos a ello, sospecho que podríamos conseguir que fuera muy amistosa.

–En tus sueños, Nikos –replicó Kate mientras apartaba el rostro y se zafaba de él–. Si crees que podría volver a ser tu amiga, estás muy equivocado.

Nikos observó cómo ella se volvía a parapetar tras la seguridad del escritorio y le dio un momento antes de volver a tomar la palabra.

—Bueno, eso ya lo veremos, ¿no te parece? —dijo mientras se volvía a sentar frente a ella—. Dado que tú has sacado a colación el asunto de los sueños, sí, lo admito. Te he imaginado en los míos muchas veces. Esas largas y solitarias noches en una cama vacía, sin nada más que los recuerdos para que me hicieran compañía… ¿Qué puede hacer un hombre? —añadió mirando a Kate. Vio que ella se había sonrojado profundamente—. Tal vez a ti te ha pasado lo mismo.

—¡Fuera! —exclamó ella volviéndose a poner de pie y señalando la puerta. El brazo le temblaba visiblemente.

—No. No me voy a marchar a ninguna parte hasta que hayas escuchado lo que tengo que decirte, Kate.

—¿Qué es exactamente lo que crees que te da el derecho de decirme lo que tengo que hacer?

—Digamos que será lo mejor para ti.

—Lo dudo mucho —bufó Kate mientras volvía a sentarse—. Di lo que tengas que decir y márchate de aquí.

Nikos se acomodó en la silla, tomándose deliberadamente su tiempo.

—Puede que lo sepas o no, pero desde que nos vimos por última vez, mi suerte ha cambiado considerablemente. En estos momentos, soy un hombre extremadamente rico.

—¿Y? Si has venido aquí para presumir, Nikos, te ruego que te ahorres la saliva. No me interesa.

Nikos guardó silencio un instante.

—Por suerte para ti, estoy dispuesto a invertir parte de ese dinero para salvar tu negocio.

—Y, desafortunadamente para ti, yo no te aceptaría como inversor, aunque fueras el último hombre sobre la tierra.

—¿De verdad, Kate? ¿Estás segura de ello?

—Ya te lo he dicho, ¿no?

—Me pregunto de qué clase de hombre aceptarías una inversión —susurró él mientras entornaba la mirada y fingía pensarlo—. ¿La clase de hombre que estaría dispuesto a pasar por alto la pésima situación en la que se encuentra tu negocio a cambio de favores más… personales?

—¿Qué es lo que estás insinuando? —replicó Kate, muy ofendida, mientras volvía a ponerse de pie—. ¿Cómo te atreves?

Lanzó la mano para abofetear a Nikos, pero él la interceptó con facilidad. Se puso de pie y tiró del brazo de manera que ella tuvo que inclinarse por encima del escritorio.

—No, no… La violencia no es la respuesta, Kate. Ya deberías saberlo.

—¡En ese caso, retira lo que has dicho! ¿Cómo te atreves a insinuar algo así?

—Porque te vi anoche, Kate.

Nikos sintió que el brazo de Kate perdía fuerza. Lo retiró lentamente. La sorpresa de aquella afirmación la había dejado sin palabras. Se apartó de él.

—¿Me viste?

—Sí.

—Bueno, pues sea lo que sea lo que crees que viste, te equivocaste. Solo estaba trabajando de camarera. Nada más.

—¿Una camarera que se sentaba en el regazo de un banquero que está forrado? Asumiendo que no lo hacías por tu propia satisfacción sexual, lo único que se me ocurre es que lo hacías por otras razones mucho más prácticas. Por cierto, me gustó mucho la peluca rubia. Tenía mucha clase.

—No te tengo que dar explicaciones a ti —le espetó Kate valientemente, tratando de recuperar su dignidad—.

Si te produce alguna especie de pervertido placer imaginarte que tendría sexo con un desconocido por dinero, haz lo que quieras. Francamente, tu opinión no me interesa en absoluto. Puedes pensar lo que te apetezca.

–No me produce placer alguno, Kate. Más bien a la inversa.

–¿Por qué, Nikos? ¿Por qué te molesta entonces? ¿Por qué te importa lo que yo haga? Ya no significamos nada el uno para el otro –insistió ella–. Somos libres para ver a quien queramos y hacer lo que queramos.

–Y esto es lo que quieres, ¿verdad? –exclamó él muy enfadado–. ¿Ser libre de vender tu cuerpo al mejor postor? ¿A cualquiera que esté dispuesto a soltar dinero para que puedas sostener tu patético negocio durante un poco más de tiempo?

Vio que ella tragaba saliva. Sin embargo, Kate siguió con la cabeza muy alta.

–¿Y a ti qué te importa?

Nikos apretó la mandíbula para contener la ira que amenazaba con consumirlo por dentro. No permitiría que ella le afectara en modo alguno.

Rodeó el escritorio y se colocó frente a ella. Le atrapó el rostro para que Kate no tuviera posibilidad alguna de escapar de la cruel intensidad de su mirada.

–Que mi prometida se comporte de una manera tan licenciosa me avergüenza. No lo voy a permitir.

–¿No se te olvida algo? –le preguntó ella parpadeando rápidamente para escapar a su mirada, pero manteniendo el desafío–. Ya no soy tu prometida. Hace tres años que no lo soy.

–Por eso estoy aquí. Para enmendar ese hecho.

–¿Cómo has dicho? –le preguntó ella, confusa.

–Nos vamos a volver a comprometer, Kate. Esta vez, vamos a llegar hasta el final. Esta vez, vamos a casarnos.

Capítulo 3

CASARSE? Kate lo miró fijamente. Se había quedado completamente atónita. Seguramente no había oído bien. No se había recuperado del hecho de saber que Nikos la había visto al final en la cena de la noche anterior y aún se sentía furiosa por su acusación.

Sin embargo, resultaba evidente que Nikos estaba esperando una respuesta, por lo que Kate no tuvo más remedio que aceptar que había oído bien. Técnicamente no había sido una pregunta, sino una afirmación.

—¡Casarnos! —exclamó tratando de soltar una carcajada de desprecio, que terminó más bien sonando como un grito ahogado—. ¿Estás loco?

—No. No estoy loco —respondió él muy tranquilo.

—En ese caso, ¿por qué me sugieres una idea tan descabellada? —le preguntó. Su voz, por el contrario, bordeaba la histeria.

—Porque, en estos momentos, necesito tener una esposa y creo que tú serías la candidata ideal.

Kate lo miró con incredulidad.

—Pues será mejor que vayas pensando en otra. No tengo ni idea de por qué piensas que yo consideraría siquiera casarme contigo.

—En ese caso, deja que te lo aclare. En primer lugar, tu empresa está inmersa en una complicada situación financiera y creo que tú serías capaz de hacer cualquier cosa para sacarla a flote. Algo que, sin lugar a dudas, demostraste anoche. No tienes más inversores a los que recurrir y, sin mi ayuda, es el fin para Kandy Kate. Eres una mujer inteligente y sabes que esta es tu última oportunidad porque, si no accedes a lo que te estoy sugiriendo, me haré con el control de Kandy Kate de todos modos y, cuando esté bajo mi control, ¿quién sabe lo que haré con ella? ¿Te parece poco?

—Entonces, me estás chantajeando. Si no accedo a casarme contigo, arruinarás el negocio de mi familia. ¿Es eso lo que estás diciendo?

—El negocio de tu familia ya está arruinado, Kate. Cuanto antes te hagas a la idea, mejor. Cualquier inversor, incluso yo mismo, simplemente sacaría beneficio de lo que pudiera quedar y lo vendería a una empresa más importante. Evidentemente, retirarían el nombre, cerrarían las fábricas y fundirían lo que quedara del negocio con sus propias marcas comerciales.

—¡No! No voy a dejar que eso ocurra.

—Eso me había parecido. En ese caso, parece que yo soy tu única opción.

Kate se mordió el labio inferior. Tenía que reconocer que Nikos Nikoladis tenía tanto el poder de salvar Kandy Kate como el de hundirlo.

—¿Y por qué necesitas tú una esposa ahora?

—Te lo explicaré, pero no aquí. Este lugar me deprime.

A Kate también le deprimía, pero jamás lo admitiría ante él. Vio que Nikos se dirigía hacia la puerta.

—Vamos —le dijo él con un gesto de impaciencia—. Encontraré algún lugar en el que nos sirvan un café decente.

El lugar que eligió Nikos fue un café griego que estaba en una calle cercana. Después de que se sentaran a una de las mesas, él pidió café para ambos sin molestarse en preguntarle a Kate qué era lo que ella quería.

Sentada frente a él, Kate prefirió esperar a que la camarera les llevara su consumición antes de empezar su interrogatorio.

–Bien, ¿a qué se debe todo esto?

Nikos dio un sorbo de café y volvió a colocar la taza en el platillo muy lentamente.

–¿Te acuerdas de Philippos?

–Sí, claro –respondió ella rápidamente–. Tu amigo de Agia Loukia.

–Ha muerto –dijo él, sin expresar emoción alguna–. Hace dos meses.

–¡Vaya, lo siento mucho! –exclamó Kate llevándose la mano al pecho.

Nikos se encogió de hombros como si la compasión que ella sentía no tuviera importancia alguna.

–¿Qué ocurrió?

–Una sobredosis accidental –respondió Nikos–. Se automedicaba a pesar de que su equilibrio mental era algo inestable.

–Lo siento mucho, de verdad –repitió ella. Recordaba al extraño joven que Nikos le presentó durante el verano que pasó en Creta. Lo describió como «genio y socio en los negocios».

Kate recordaba que Philippos no había sido capaz de mirarla a los ojos y que había dedicado a Nikos una mirada de pánico después de la presentación, como si temiera tener que interactuar con una mujer.

–Sé que erais muy buenos amigos –añadió.

–Sí que era un buen amigo mío, pero no estoy seguro de que se pudiera decir lo mismo de mi amistad con él –comentó Nikos mientras apartaba la mirada.

Kate lo miró sorprendida.

–Fuera como fuera… –dijo él volviendo a adoptar un aire distante para ocultar aquel retazo de vulnerabilidad–. Philippos tiene una hermana pequeña, Sofia.

–Sí, me acuerdo. ¿Cuántos años tendrá ahora? ¿Catorce o quince?

–Tiene quince.

–Esto ha debido de ser muy triste para ella. ¿No dijiste que sus padres habían muerto en un accidente de coche hacía algún tiempo?

Nikos asintió.

–Entonces, está sola en el mundo. Pobre Sofia…

–En primer lugar, no es pobre. Cuando cumpla la mayoría de edad, heredará la fortuna de Philippos…

–No me refería a esa clase de pobreza, sino…

–Sé a lo que te referías –la interrumpió él mientras se cruzaba de brazos–. Sin embargo, por su riqueza, Sofia necesita protección. Ya hay personas que están tratando de echarle mano a su dinero.

–Debe de estar pasándolo tan mal que supongo que eso no le importa ahora.

–Tal vez no, pero a mí sí me importa. Por eso, he solicitado que se me nombre su tutor.

–¿Su tutor? –le preguntó Kate sin poder ocultar su asombro. Ya había visto cómo Nikos se había transformado de amante sin preocupaciones en importante hombre de negocios, pero jamás lo hubiera considerado en aquella nueva faceta–. ¿Y qué sabes tú sobre cómo educar a una adolescente?

–Eso no es asunto tuyo –le espetó Nikos con brutalidad–. Lo importante es que podré proteger su fortuna e invertirla adecuadamente hasta que ella tenga la edad suficiente para saber qué quiere hacer con ella.

Kate bajó la mirada y se puso a tocar suavemente los granitos de azúcar que había sobre el mantel. Trató de imaginarse cómo se sentiría Sofia. No la conocía, pero, aun así, se compadecía de ella.

La familia de Kate distaba mucho de ser perfecta,

pero, al menos, tenía una madre. ¿Sería verdad que Sofia no tenía a nadie que se ocupara de ella?

—Creo que lo más importante es proporcionarle un hogar en el que se sienta segura… y amada. Donde se cubran todas sus necesidades emocionales.

—Pues también me ocuparé de eso —afirmó él con determinación—. Permíteme que te deje clara una cosa, Kate. No estoy aquí para que me des tu opinión sobre cómo cuidarla. Tu papel en todo esto es muy sencillo —añadió mientras apartaba la taza de café a un lado—. El tribunal me exige como condición para convertirme en el tutor de Sofia que tengo que demostrar que tengo una relación estable… aunque sería mejor que estuviera casado. Lo que necesito es que accedas a convertirte en mi esposa.

Kate parpadeó. Aquella era la segunda vez que Nikos le pedía matrimonio, pero las circunstancias no podían ser más diferentes. La primera había sido una experiencia tierna y deliciosa. Habían estado muy enamorados y Kate había estado completamente segura de que su felicidad duraría para siempre. Se había equivocado.

Y, varios años después, aquello que le acababa de proponer. Un acuerdo de negocios frío, sugerido por un hombre sin sentimientos y sin corazón. Kate cerró los ojos para no sentir el dolor que de repente la atenazaba. El dolor que se había asegurado que ya no sentía. También se había equivocado en eso.

Abrió los ojos y vio que Nikos la estaba observando atentamente. Esperaba una respuesta. Por el gesto de su rostro, Kate comprendió lo importante que era aquello para él. La fría determinación de sus ojos no dejaba margen de duda.

No. Aquella idea era una locura. Tenía que ponerle fin inmediatamente.

—Mi respuesta es no, Nikos. No puedo hacerlo. No estaría bien.

—¿Y estaría bien tener que dejar que Sofia tuviera que marcharse con un pariente lejano, un tío abuelo a quien nunca ha visto y que tan solo la reclamaría por su fortuna a pesar de que le importaba un comino ella o su hermano?

—Pero debe de haber alguien más que pueda actuar como su tutor. Otro pariente… o un amigo de la familia…

—No hay nadie más. Soy la única persona a la que le importan de verdad los intereses de Sofia. Sé que esto es lo que Philippos hubiera querido.

—¿Pero él no te nombró tutor de Sofia en su testamento?

—No hay testamento. Philippos no lo había hecho.

Aquello no sorprendió a Kate. No había conocido a Philippos demasiado bien, pero no le había parecido la clase de hombre que se preocupara de los asuntos prácticos de la vida. Su maravillosa mente había sido capaz de conjugar nuevas maneras de revolucionar la industria del software, pero siempre llevaba los cordones de los zapatos desatados.

—¿Por qué yo? —preguntó ella tirándose de nuevo del lóbulo de la oreja—. ¿Por qué quieres casarte conmigo cuando, sin duda, tienes un ejército de mujeres hermosas, que estarían encantadas de casarse contigo?

—Me halaga que pienses que soy tan buen partido —replicó él con una sonrisa—, pero el hecho es que quiero que seas tú.

Una oleada de ridículo optimismo surgió dentro de Kate, apareciendo de improviso y extendiéndose rápidamente por cada parte de su cuerpo. ¿Era posible que Nikos aún sintiera algo por ella, que quisiera hacer las paces y recuperar su amor?

Refrenó aquellos ridículos pensamientos. Resultaba aterrador ver el modo en el que Nikos podía hacerle sentir, el poder que aún tenía sobre ella.

—¿Pero por qué? —repitió la pregunta.

–Porque sé lo desesperada que estás.

Si Kate había necesitado una dosis de realismo, allí la tenía, directa al corazón. Sintió que se desmoronaba por dentro. La necia esperanza que había sentido por un momento volvió rápidamente a esconderse en el lugar del que había salido. ¿Cómo había permitido que ocurriera? ¿Acaso no había aprendido la lección? ¿No le habían enseñado nada los años que habían transcurrido desde entonces?

Se sentó más erguida en la silla y le miró directamente a los ojos.

–Tal vez esté desesperada –dijo–, pero no tanto.

–¿No? ¿Estás segura de eso, Kate?

–Completamente segura.

–Mira, solo tienes que considerar los hechos. Tú necesitas dinero. Yo necesito una esposa. Serías una estúpida si tomaras una decisión en contra antes de escuchar lo que tengo que proponerte.

–No tanto como para considerar volver a tener una relación contigo. De cualquier tipo. He tomado mi decisión, Nikos.

–Pues te has equivocado.

La paciencia de Nikos se estaba agotando. Un músculo delator le latía en la mejilla mientras apretaba las manos con fuerza sobre la mesa.

–Piénsalo, Kate –dijo. Estaba controlando su ira, pero tenía los nudillos completamente blancos–. Esta relación nos beneficiará a los dos. Tú accedes a ser mi esposa hasta que el tribunal dicte a mi favor y yo obtenga la custodia legal de Sofia. A cambio, salvaré Kandy Kate. Te proporcionaré los fondos que sean necesarios para pagar a tus acreedores y para conseguir que el negocio vuelva a salir a flote. Prácticamente, estamos hablando de un cheque en blanco, Kate. Imagínate lo que podrías hacer con eso.

Kate se lo imaginó. Una gran inyección de dinero era precisamente lo que necesitaba Kandy Kate. Estaba segura de que, cuando el negocio fuera de nuevo estable, ella conseguiría que fuese un éxito. Estaba en lo más profundo de un pozo. Solo necesitaba que alguien le echara una cuerda para poder salir.

—Por supuesto, también contarás con el beneficio de mis conocimientos empresariales y de mis contactos, muchos de los cuales son muy influyentes. No hay razón alguna para que no pudieras expandir Kandy Kate. Hacer que el negocio sea tan grande como tú quieres.

Kate trató de no escucharle. No debía consentir que él la sedujera con sus promesas.

—No, Nikos…

En ese momento, la camarera regresó para llenarles de nuevo las tazas, por lo que ella guardó silencio. Observó cómo permanecía más tiempo del necesario junto a Nikos, como si le costara alejarse de él. Cuando Nikos levantó la mirada para darle las gracias, la muchacha se sonrojó.

—En ese caso, hazlo por Sofia —dijo él cuando la camarera se marchó por fin—. Piensa en ella.

—Yo… yo estoy pensando en Sofia. Siento mucho lo que le ha pasado.

—En ese caso, haz algo al respecto. Sentir lo que le ha pasado no es suficiente. Cásate conmigo y me ayudarás a asegurar su futuro.

—No lo sé… —susurró ella, presa del pánico—. Es decir, supongamos que nos casamos y que los tribunales te conceden la custodia de Sofia. ¿Qué pasa entonces?

—Entonces, nos divorciaremos. Sofia estará protegida legalmente y tú ya habrás conseguido hacer que tu negocio resurja de las cenizas. Es la solución evidente.

Kate tragó saliva. Nikos hacía que todo sonara tan práctico… tan fácil… Tal vez lo era. No dudaba que, si lo rechazaba, Nikos encontraría a otra persona. La breve interacción con la camarera le había demostrado el poder que él tenía sobre las mujeres. Si ella no lo hacía, otra se beneficiaría del dinero que Kate necesitaba tan desesperadamente para salvar Kandy Kate.

—Pero ¿qué pensará Sofia? ¿No esperará ella que seamos una pareja casada normal? ¿Cómo se sentirá si nos divorciamos tan pronto como ella esté legalmente a tu cuidado?

—Deja que sea yo el que se ocupe de Sofia —afirmó Nikos—. Tu papel es ayudarme a conseguir la custodia. Nada más.

Un pesado silencio cayó entre ellos. El ruido de la máquina de café, del parloteo de la gente, quedó en un segundo plano mientras Kate miraba los hipnóticos ojos castaños de aquel poderoso hombre.

—Bueno, ¿qué me dices?

Kate respiró hondo y apartó la mirada de la de él, buscando otro punto en el que centrarse que no fuera el intenso escrutinio que le impedía pensar. Sin embargo, su cerebro parecía bloqueado por Nikos, por lo que él le estaba ofreciendo: el sueño de poder salvar Kandy Kate parecía estar a su alcance. Cuando Nikos le agarró la mano, ella se sobresaltó y volvió a mirarlo a los ojos.

—¿Trato hecho?

Desde un lugar profundo de su ser, un lugar oculto que no debería haber tenido nunca voz, oyó que surgían unas palabras. Antes de que pudiera reaccionar, ya estaban en sus labios, tomando forma.

—De acuerdo —dijo. Contuvo el aliento—. Lo haré.

Nikos respiró con satisfacción y un cierto alivio. Lo había conseguido. Aquel pequeño triunfo resultaba muy agradable.

A pesar de que parecía estar muy seguro de que Kate

aceptaría su oferta como lo único sensato que podía hacer, en lo más profundo de su ser nunca había estado del todo seguro sobre cómo reaccionaría ella.

Kate O'Connor tenía sus propias leyes y, después del modo en el que se habían separado, cualquier cosa podría haber ocurrido. Sin embargo, lo había conseguido. Ya solo le quedaba cerrar el trato.

Se reclinó sobre su asiento con las manos detrás de la cabeza y examinó el lugar en el que Kate había estado sentada antes de excusarse para ir al cuarto de baño. Le había faltado tiempo para hacerlo. Si se estaba arrepintiendo de su decisión y estaba tratando de encontrar el modo de echarse atrás, era demasiado tarde. Ya había sellado su destino.

Nikos dio otro sorbo de café. Prefería no examinar en profundidad la razón por la que había insistido tanto en que Kate, y solo Kate, era la mujer que prefería tomar como esposa. Lo único que sabía era que, en cuanto sus abogados le dijeron que su posición para solicitar la custodia sería más fuerte si estuviera casado, el nombre de Kate le había surgido inmediatamente en la cabeza. Y, una vez allí, se había negado a marcharse.

Se había pasado tanto tiempo tratando de borrarla de su pensamiento, tratando de librarse de sus recuerdos y maldiciendo el día en el que la conoció que casi se había convertido en una obsesión. Sin embargo, tenía que reconocer que, en lo que se refería a Kate, le resultaba demasiado fácil obsesionarse. Su error había sido confundir obsesión con amor.

La atracción había existido entre ambos desde el principio. Cuando la vio por primera vez, sentada a una de las mesas de la *taverna* que su padre tenía frente a la playa, Nikos se sintió inmediatamente enamorado. Con su largo cabello oscuro y sus maravillosos ojos, la resplandeciente sonrisa que ella le dedicó cuando le tomó el menú de las manos se dirigió directamente al corazón de Nikos… o a la entrepierna. Tal vez a ambos sitios. Se decidió a averiguar todo lo que pudiera sobre ella. No tardó en descubrir que estaba recorriendo Europa en solitario durante tres meses y que su primera parada había sido Atenas, donde le habían recomendado que visitara Creta y allí estaba.

Lo que se le había olvidado mencionarle era que formaba parte de una dinastía de confiteros de los Estados Unidos y que era muy rica.

Cautivado por su increíble belleza, su acento de Nueva York, su entusiasmo y su amor contagioso por todas las cosas cretenses, Nikos había descuidado al resto de los comensales de aquella noche hasta que su padre, Marios, chef y dueño del modesto establecimiento, le llamó la atención. Lo hizo colocándose en medio de la terraza con las manos sobre las caderas mientras le gritaba que dejara de flirtear con las clientas y se pusiera a trabajar.

La relación entre Nikos y su padre nunca había sido fácil. Marios tuvo que criar a Nikos solo después de que su esposa los abandonara cuando Nikos era tan solo un bebé y le había costado mucho ser el padre que debía. Había recurrido a la botella más de lo aconsejable y había habido muchas discusiones, muchas peleas con Nikos en las que su padre le había recriminado que su esposa los abandonara por no ser buen hijo ni entonces ni en el presente. Por haberle arruinado la vida.

Marios se lamentaba de sus palabras cuando estaba sobrio, pero ni siquiera entonces había sido capaz de encontrar las palabras necesarias para disculparse. Nikos jamás había culpado a su padre. Tal vez tenía razón y había sido culpa suya que su madre se marchara, pero los cambios de humor de Marios le hicieron decidirse a abandonar la casa tan pronto como le fuera posible, pensando que seguramente su padre estaría mejor sin él.

A los dieciséis años, se marchó a Atenas y trabajó en lo que pudo para no terminar en la calle. A los dieciocho, consiguió una beca para ir a la universidad, seguido de un año de servicio en el ejército. Después, había viajado por Europa hasta que su padre le suplicó que volviera. Le dijo que su salud estaba fallando y que necesitaba que volviera para ayudarle a dirigir la *taverna*. Por ello, Nikos regresó a Agia Loukia, su pueblo.

Resultó que su padre le había mentido. Su salud estaba mejor que nunca, de hecho, dado que había dejado el *ouzo*. Su padre tan solo quería que regresara a casa para siempre. Nikos comprendió su treta. Le prometió a su padre que se quedaría un verano. Nada más. Entonces, se marcharía para siempre.

Sin embargo, en ese verano cambiaron muchas cosas…

Lo primero fue que volvió a encontrarse con Philippos, su amigo del colegio. Nikos ya sabía que los padres de Philippos habían muerto en un accidente de coche y que su amigo y la hermana pequeña de este estaban solos en el mundo. Él se hallaba dispuesto a ayudar a Philippos en lo que pudiera mientras estuviera en Agia Loukia, pero, cuando su amigo empezó a hablarle del proyecto en el que estaba trabajando, en el que había encontrado el modo de imprimir circuitos en plástico flexible, Nikos había visto inmediatamente el potencial de aquella idea. Supo que sería algo grande, algo que el cerebro de Philippos, brillante pero totalmente ajeno al mundo de los negocios, ni siquiera se había parado a considerar.

Nikos le prometió que aquella idea les haría muy ricos y formó una empresa conjunta para conseguirlo. En aquel momento, ninguno de los dos tenía dinero, lo que había supuesto que conseguir financiación fuera difícil. Sin embargo, con su entusiasmo y determinación, Nikos supo que iba a hacerlo funcionar.

Entonces, una noche, una increíble mujer apareció en la *taverna,* justo a punto para compartir su aventura. De repente, Nikos pudo imaginarse un futuro, una esposa, hijos… todo. De repente, había conocido a la mujer con la que quería pasar el resto de su vida. Kate O'Connor. La elegida.

No tardó en descubrir lo equivocado que había estado.

Kate regresó del cuarto de baño y se sentó de nuevo frente a él. Parecía estar más compuesta que cuando se había marchado, pero estaba muy nerviosa. Tal vez tenía motivos para ello.

Nikos aún no había decidido cómo iba a proceder, pero sí sabía que tenía intención de utilizar la situación para beneficiarse al máximo. Se iba a casar para asegurarse la custodia de Sofia, una razón completamente legítima, pero eso no significaba que no pudiera haber beneficios mientras el matrimonio durase.

«Venganza» era una palabra muy fea, pero era el sentimiento que predominaba principalmente en la mente de Nikos. Entre Kate y él había muchos asuntos sin resolver y en aquellos momentos tenía la ocasión perfecta para enmendarlo. Iba a hacerle pagar por el modo en el que le había tratado y disfrutaría haciéndolo. De hecho, tendría que tener cuidado de no disfrutar demasiado.

–Tómatelo –le dijo mientras le indicaba la segunda taza de café, que ella no había tocado–. Si nos damos prisa, podremos sacar la licencia de boda ahora mismo.

Capítulo 4

VEINTICUATRO horas más tarde, Kate estaba en un taxi que se acababa de detener frente al ayuntamiento. Vio a Nikos en los escalones del edificio. A pesar de las muchas personas que lo rodeaban, era imposible no fijarse en él. Alto y misterioso, estaba de pie solo, con las manos a la espalda y examinando cuidadosamente el tráfico. La estaba esperando.

Kate pagó al taxista y se bajó del coche sabiendo sin necesidad de mirar que Nikos ya la había visto y que se estaba acercando a ella. No había escapatoria.

Respiró profundamente y se alisó el vestido. Ya no había vuelta atrás. Tan solo dos días antes, Nikos había formado parte de su pasado. Si alguien le hubiera dicho que se iba a casar con el hombre que tanto daño le había hecho y que lo haría tan rápidamente, habría pensado que esa persona estaba totalmente loca.

Sin embargo, allí estaba. A punto de hacerlo. A punto de atarse a Nikos Nikoladis durante el futuro más cercano.

Subió los escalones de uno en uno, concentrándose en los zapatos rojos de alto tacón que se había puesto aquel día con la esperanza de encontrar una seguridad en sí misma que necesitaba desesperadamente. El vestido corto de encaje blanco que llevaba puesto lo tenía desde hacía muchos años. Aunque hubiera querido, no habría tenido tiempo de comprarse un vestido nuevo.

—Estás muy guapa.

De repente, estaba delante de ella, haciendo que todo lo demás desapareciera. Olía muy bien. Cuando Nikos la agarró del codo, no le quedó más remedio que mirarlo. Llevaba puesto un traje de un corte impecable, una camisa blanca y una corbata azul perfectamente anudada. Ella vio el brillo que relucía en sus ojos y la ligera sonrisa que curvaba los sensuales labios. La clase de sonrisa que un zorro le dedicaría a una gallina.

Kate luchó contra el fiero deseo que sintió con solo verlo. Era tan moreno y elegante, tan guapo, el ejemplo perfecto del novio ideal. Al menos en el exterior. Por dentro, era un asunto completamente diferente.

—Toma —le dijo él mientras le ofrecía un ramo de flores que, hasta aquel momento, había estado ocultando a la espalda—. Pensé que la novia debía llevar flores.

Kate las aceptó. Era un ramo de peonías rojas y pequeñas rosas de color rosado. Por supuesto, era muy bonito. Nikos siempre había tenido un gusto impecable, pero para Kate era tan solo un símbolo de su posesión.

Respiró profundamente. Se recordó que nadie la estaba obligando a casarse con Nikos. Lo había decidido ella. Llevaba veinticuatro horas repitiéndose aquellas palabras, a lo largo de una noche de insomnio en la que las sábanas retorcidas parecían rodearla para estrangularla, hasta las primeras luces del alba, que parecían iluminar sus desgracias como un faro cruel.

Sabía que, a la larga, aquella era la decisión más sensata. Ayudaba a Sofia y salvaba Kandy Kate. Además, estaba ya demasiado inmersa en la situación como para dar un paso atrás.

Agarró las flores y permitió que Nikos la llevara hasta el Registro. Él la estrechaba contra su cuerpo, como si estuviera mostrándole su afecto del mismo modo que haría un novio enamorado a punto de casarse.

Sin embargo, en su caso no era así. El tacto de Nikos solo conseguía ponerla más nerviosa.

Los nervios se acrecentaron aún más cuando tuvieron que sentarse a esperar que les llegara su turno, observando a las parejas que iban y venían. Todos parecían muy felices, muy enamorados y eso le dolía mucho a Kate. El que iba a ser su esposo, andaba de arriba abajo, como si fuera un león enjaulado, mirando el reloj como si el tiempo fuera muy importante y luego mirándola a ella como si quisiera asegurarse de que seguía allí.

Por fin, nombraron su número y entraron juntos en el despacho. Con rapidez y eficiencia, el oficiante realizó todos los trámites legales y los dos no tardaron en firmar el certificado de matrimonio junto con los dos testigos que se les proporcionaron para tal menester. Ya estaba. Estaban casados.

A Kate todo le parecía un sueño, una especie de fantasía de la que se iba a despertar en cualquier momento. Sin embargo, mientras salían al exterior, un rayo de sol se reflejó en la alianza que llevaba ya en el dedo y Kate supo que no se trataba de ninguna ilusión. Estaba legalmente casada con Nikos Nikoladis y, de algún modo, iba a tener que encontrar la forma de superarlo.

A lo largo de los siguientes meses, tendría que encontrar el modo de protegerse de él, del efecto brutal que ejercía sobre su corazón. De todo lo que Nikos era y de todo lo que él había significado para ella. Si no lo hacía, sabía que él tendría el poder de aplastarla una vez más. De eso estaba segura.

–¡Eh, Kandy Kate!

Un paparazi pareció surgir de la nada y sobresaltó a Kate. Justo lo que necesitaba. Odiaba a los reporteros, dado que había estado a su merced toda la vida. Instintivamente, se volvió hacia Nikos buscando protección.

–Así, así, guapa. Muy bien. ¿Te puedes volver un poco hacia mí? ¡Preciosa!

¿Por qué no mandaba Nikos a paseo a aquel tipo?

Kate lo miró. La expresión de sus ojos indicaba claramente que necesitaba ayuda. Necesitaba que Nikos le dijera a aquel periodista que se marchara. Se lo hubiera dicho ella misma, pero no quería atraer más atención de la necesaria. La gente ya les estaba mirando. El nombre de Kandy Kate era suficiente para que la gente se detuviera. De hecho, algunos ya estaban sacando los móviles.

Sin embargo, para su sorpresa y horror, Nikos no mostraba inclinación alguna a echar al fotógrafo. Más bien al contrario. La estrechó contra su cuerpo y se colocó de manera que el paparazi pudiera tomar la mejor de las instantáneas. Además del periodista, se había formado en torno a ellos una pequeña multitud que no dejaba de tomar fotografías con el teléfono móvil.

–¡Nikos! –susurró ella–. Haz algo.

–Estoy haciendo algo –replicó él mientras la estrechaba afectuosamente contra su cuerpo–. Estoy presumiendo de esposa. Eres tú la que tiene que hacer algo. Relájate un poco. Haz que sea creíble.

–¡Eh, Kate! ¡Aquí!

Había llegado otro fotógrafo, que empezó a subir rápidamente los escalones y abrirse paso entre la gente.

–¡Enhorabuena a los dos! –exclamó mientras los enfocaba y ajustaba la lente–. ¿Qué os parece si me dedicáis una gran sonrisa?

–Bueno, creo que podemos hacer algo que será mucho mejor que eso.

Sin previo aviso, Nikos tomó el rostro de Kate entre las manos y bajó la cabeza. Le cubrió la boca con la suya.

Kate contuvo la respiración porque el roce de los labios de Nikos la había paralizado momentáneamente.

Entonces, el calor que emanaba de la boca de él le hizo recuperar sensaciones y le caldeó los labios bajo el suave tacto. Durante un segundo permanecieron así, unidos. Kate era incapaz de retirarse, por mucho que supiera que eso era lo que debería hacer. Tuvo que contenerse para no profundizar el beso, para no abrazarse a él y suplicarle más.

Durante todo el tiempo, las cámaras no pararon de hacer fotos, a juzgar por el ruido de los obturadores.

–Mucho mejor, *agapi mu* –le susurró Nikos cuando la soltó por fin–. Muchísimo mejor –añadió, dejando que su aliento le acariciara suavemente la oreja–. Durante un instante, casi me has engañado a mí.

Kate se apartó de él. El corazón le latía rápidamente en el pecho. La sorpresa le impidió replicar a aquel comentario como se merecía.

–Está bien, ahora si nos dejan pasar…

Nikos se hizo cargo por fin de la situación y fue apartando a todos los presentes con un brazo mientras rodeaba la cintura de Kate con el otro y la ayudaba a bajar las escaleras. Como por arte de magia, apareció una limusina en la acera. El chófer salió para abrirles la puerta. Kate entró rápidamente en el vehículo. El corazón aún le golpeaba las costillas. Nikos se sentó a su lado y cerró la puerta. La paz se hizo dentro del coche hasta que Kate arrojó el ramo entre ambos. El vehículo arrancó suavemente.

–¡Gracias por nada! –le espetó mientras se volvía hacia él–. Después de esa escena, vamos a estar en toda la prensa mañana.

–Exactamente –dijo Nikos con expresión arrogante–. Perfecto.

–¿Cómo has dicho? –replicó ella comprendiendo de repente–. ¿Quieres decir que lo has organizado tú?

Nikos se encogió de hombros.

—Dio la casualidad de que le conté a un periodista que conozco que nos casábamos hoy. Debe de habérselo dicho a uno de los fotógrafos que utilizan.

Ni siquiera se molestó en mirarla. Se había puesto a escribir algo en su teléfono móvil.

—¿Y no pudiste tener la decencia de preguntarme primero si me parecía bien? —rugió Kate.

—No quería estropear la sorpresa.

Nikos terminó lo que estaba haciendo en el teléfono y se lo guardó en el bolsillo. Entonces, se volvió a mirarla, lo que fue aún peor.

Observó lentamente los muslos de Kate, que habían quedado al descubierto cuando ella se giró en el asiento para mirarlo a él. Kate se lo bajó con furia, levantando el trasero del asiento para soltar la tela. El vestido era demasiado corto. ¿En qué demonios había estado pensando?

Al mirar a Nikos, comprendió claramente lo que él estaba pensando. La mirada masculina y misteriosa de sus ojos era inconfundible, profundamente sexual y lo suficientemente ardiente como para abrasarle el alma. La expresión pagada de sí mismo del rostro revelaba que estaba disfrutando cada momento. Estaba jugando a un juego de poder, mostrando su evidente interés y disfrutando plenamente de la reacción de ella.

Kate cruzó las piernas y sintió que la ardiente mirada de Nikos se deslizaba por la pantorrilla hasta llegar al tobillo y la punta del zapato rojo. Maldito Nikos.

—Bueno, pues no me ha gustado la sorpresa. No tenías derecho alguno a decirle a la prensa nada de la boda sin pedirme permiso primero.

—No tenía derecho, ¿verdad? En realidad, es ahí donde te equivocas. Al acceder a casarte conmigo, también has accedido a los términos de nuestra relación.

—¿De qué términos estás hablando? —le preguntó ella

alarmada mientras giraba la cabeza para volver a mirarlo de nuevo–. Yo no he accedido a término alguno.

–Creo que no tardarás en descubrir que sí.

–Nuestro matrimonio es algo puramente práctico, que se ha realizado para beneficio mutuo. Yo lo he hecho exclusivamente por el dinero, Nikos. Ya lo sabes. No hay nada más.

–Ah, Kate…

Nikos levantó la mano y le acarició la mejilla muy delicadamente. Kate sintió que se le cortaba la respiración.

–Eres tan romántica… –añadió con sarcasmo, pero también con seducción. Su acento griego, que normalmente era muy suave, parecía haberse profundizado deliberadamente, de manera muy sensual–. ¿Qué voy a hacer contigo?

–Nada –replicó ella mientras retiraba bruscamente el rostro para apartarlo de la caricia aterciopelada de sus dedos–. No vas a hacer nada conmigo. De eso se trata precisamente. A pesar de lo que puedas creer, casarte conmigo no te ha dado derecho alguno a hacerte cargo de mi vida.

–Vamos a dejar un par de cosas claras, ¿te parece? –le espetó Nikos con voz dura mientras se colocaba las manos sobre los muslos.

Kate recordaba muy bien aquellas manos. No con la manicura perfecta, como estaban en aquellos momentos, sino endurecidas por el trabajo manual en los barcos de pesca, por limpiar mesas y abrir ostras para los comensales en el restaurante de Marios.

En la noche en la que se conocieron, él le llevó un plato de ostras sobre una cama de hielo, simétricamente colocadas alrededor de medio limón. Ella no las había pedido. Había probado las ostras antes y había decidido que no eran para ella. Sin embargo, como Nikos había permanecido expectante junto a la mesa, esperando a que las probara, no había tenido corazón para decirle que no.

Tomó la primera para examinarla, consciente de que él la estaba observando. Cuando ella echó la cabeza hacia atrás, dejando que la ostra le resbalara por la garganta, de repente le pareció la experiencia más erótica de su vida.

Las miradas de ambos se cruzaron a continuación, compartiendo una intimidad que vibraba en el aire de la noche. Kate aún recordaba ese momento… aún podía notar el sabor del mar en sus labios. Al final de la velada, aquellas manos la habían transportado a cumbres de éxtasis desconocidas para ella.

La voz cruel de Nikos interrumpió esos pensamientos.

—Nuestras vidas van a estar entrelazadas durante los próximos meses, así que será mejor que te acostumbres. Tengo que darle publicidad a nuestro matrimonio para reforzar mi solicitud de la custodia. Los tribunales querrán ver pruebas de los dos juntos para demostrar que esto es legítimo. Tiene que parecer que estamos enamorados —comentó mirándola fijamente—. Confío en que eso no será un problema.

Kate tragó saliva. No, no era un problema. Era una pesadilla.

—Haré lo que haya que hacer —se obligó a decir, a pesar de que su voz interior la empujaba a parar el coche, salir y correr tan lejos de Nikos como le fuera posible—. Dentro de lo razonable.

—Excelente —dijo él asintiendo con satisfacción—. Esto te beneficiará a ti también. Será buena publicidad para Kandy Kate.

—Kandy Kate es asunto mío —replicó ella, molesta por aquella muestra de autoridad—. No necesito consejo alguno sobre cómo dirigir mi negocio.

–¿Estás segura de eso? –le preguntó Nikos en tono desafiante–. Alguien tiene que hacer algo. Como inversor principal, no me gustaría ver que mi dinero se pierde por el desagüe. Ya tienes el primer pago en tu cuenta, por cierto. Y las acciones que poseo se te transferirán pronto.

–Oh, gracias –musitó Kate con poco entusiasmo.

–Sin embargo, va a hacer falta más que dinero para conseguir que Kandy Kate vuelva a ser un éxito. Tenemos que cambiar radicalmente la percepción que el público tiene del negocio. Habrá que reemplazar la imagen tan vulgar por algo más… saludable. ¿Y qué mejor comienzo que una alegre foto tuya en los escalones del ayuntamiento, tras haberte casado con el hombre de tus sueños?

Kate le lanzó una mirada furibunda. Nikos estaba disfrutando con todo aquello.

–¿El hombre de mis sueños? –replicó, a pesar de que sabía que sería mejor no hacerlo–. No lo creo, Nikos.

–¿No? –preguntó él mirándola con escepticismo–. Yo he admitido que te colabas en mis sueños por las noches. ¿Me estás diciendo que no te ha pasado a ti lo mismo?

–No voy a admitir nada.

Kate se sonrojó y se dio la vuelta. Se acababa de dar cuenta de que, al no negar lo que Nikos le había preguntado, era casi como si estuviera otorgando que era verdad. Y así era. Por supuesto que Nikos había ocupado sus sueños y dominado sus pensamientos día y noche desde hacía tres años. Y, a juzgar por la expresión de su rostro, él lo sabía muy bien.

Miró por la ventanilla, contemplando el tráfico de Nueva York, viendo cómo la gente seguía con sus vidas, yendo a sus trabajos y continuando con sus rutinas, completamente ajenos a lo que le estaba ocurriendo a ella. Ajenos al hecho de que Kate acababa de vender su alma al diablo.

—En cualquier caso —dijo él reconduciendo la conversación—, esas fotos generaran mucho revuelo en la prensa y eso es buena publicidad para nosotros. Así va a ser a partir de ahora, Kate. Es mejor que te acostumbres.

Kate comprendió que él lo tenía todo calculado. Con labios temblorosos, entendió la ironía de su situación. Una vez más, la habían manipulado en nombre de Kandy Kate, pero en aquella ocasión no era su madre la que la controlaba, sino Nikos Nikoladis. La perspectiva era mucho más aterradora.

—¿Adónde vamos?

—¿Qué es lo que suelen hacer los recién casados después de la boda? —repuso él con una pícara sonrisa.

Kate sintió que se le aceleraban los latidos del corazón. El pánico se apoderó de ella.

—¿Qué… qué quieres decir?

—Relájate, *pethi mu* —respondió él tomándole la mano. Comenzó a darle vueltas en el dedo a la alianza de Kate—. No se trata de eso, a menos que te ofrezcas, por supuesto. En ese caso, sería una grosería por mi parte rechazarte.

—No te estoy ofreciendo nada.

—Vaya… qué pena. Bueno, pues en ese caso, te sugiero que te relajes y que disfrutes con el paseo en coche porque tú, Kate O'Connor Nikoladis, y yo nos vamos de luna de miel.

Capítulo 5

PARÍS. Kate contempló la ciudad que se extendía ante ella. La ciudad del amor. El destino perfecto para una romántica luna de miel.

Siempre había deseado visitar París. Aquel infausto verano cuando se marchó para recorrer Europa en tres meses, París había sido uno de sus destinos obligados, pero no había podido ir. Las circunstancias se habían hecho dueñas de su vida. Nikos se había hecho dueño de su vida.

En aquel verano, si alguien le hubiera dicho que estaría allí tres años después, casada con Nikos y de luna de miel en una de las ciudades más hermosas del mundo, le habría parecido un final de cuento de hadas. El principio de una felicidad eterna. Desgraciadamente, en aquellos momentos le parecía más bien una burla, como si le estuvieran faltando al respeto a la institución del matrimonio e insultando a la ciudad con su falsa relación.

Llevaban allí cuatro días, cada minuto de los cuales había sido coreografiado por Nikos con precisión militar. La Torre Eiffel, hecho. Notre Dame, hecho. El Louvre, hecho. El Arco del Triunfo, hecho, hecho. Se habían pasado los días recorriendo la ciudad, en un revuelo de arte, historia y arquitectura que los paparazis se habían encargado de dejar plasmado en fotos.

Para completar la burla, el hotel boutique en el que se alojaban se llamaba L'Hôtel d'Amour. Considerando que el tiempo que llevaban allí, Nikos y ella no habían pasado cinco minutos a solas juntos, deberían haberlos echado por impostores. Después de pasarse los días visitando los lugares más famosos de la ciudad, cenaban con socios de negocios de Nikos. Y por las noches dormían completamente separados.

Sus habitaciones, muy artísticamente diseñadas en el último piso, estaban la una junto a la otra, pero era lo mismo que si hubieran estado a millones de kilómetros de distancia. Cuando se detenían frente a sus respectivas puertas al final de la velada, ni siquiera intercambiaban un beso en la mejilla.

Eso disgustaba a Kate más de lo que debería. El comportamiento de Nikos era cortés, pero frío. Educado, pero completamente profesional. ¿Por qué sentía ella que era como si le frotaran sal en una herida abierta? Su actitud seductora en Nueva York la había mantenido en tensión y le había hecho que la sangre le rugiera en las venas, que ardiera en deseos de darle un bofetón, pero también le había hecho sentirse viva.

De algún modo, aquella cortesía seca y estéril era mucho peor. La total falta de interés que Nikos demostraba hacia ella estaba haciendo flaquear su seguridad en sí misma.

Se apartó de la ventana y se dispuso a prepararse de mala gana para otra cena. Aquella noche, aparentemente, iban a ir al famoso Moulin Rouge para disfrutar de un espectáculo de cabaré. Debería ser divertido, el antídoto perfecto para la sobredosis de cultura de los últimos días. Sin embargo, la perspectiva de pasar otra noche con un grupo de hombres de negocios y Nikos observando todos y cada uno de sus movimientos la llenaba de terror.

Nikos había insistido en que aquellas cenas interminables eran en beneficio de Kate, o, al menos, en beneficio de Kandy Kate. En que esos hombres eran muy influyentes, algunos de ellos con contactos en el mundo de los dulces. Si Kandy Kate quería tener alguna posibilidad de entrar en el mercado europeo, esos hombres eran los que podrían propiciarlo.

Kate no se había molestado en discutir. Hasta aquel momento, nunca antes se había parado a pensar en el mercado europeo. Kandy Kate siempre había sido una marca que se vendía solo en los Estados Unidos, pero tal vez Nikos tenía razón y debería ampliar su mercado. No ocurría nada por intentarlo. Dado que tenía la inversión de Nikos en la que apoyarse, podía permitirse el lujo de soñar a lo grande. Además, compartir mesa con ruidosos hombres de negocios franceses era sin duda mejor que la forzada intimidad de una mesa para dos con Nikos.

Con un hondo suspiro, examinó los vestidos de los que disponía para elegir cuál se pondría aquella noche. Había comprado la mayoría de ellos hacía años, cuando aún se podía permitir tales lujos, pero aún servían a su propósito. Seleccionó un vestido de cóctel rojo, con falda de vuelo hasta la rodilla y cintura entallada, a tono con un lugar como el Moulin Rouge, aunque, por supuesto, ella no iba a bailar. Se lo dejaría a las bailarinas. Para ella, no habría frivolidad alguna. Sería otra aburrida noche, en la que representaría el papel de esposa de Nikos.

La insistencia de Nikos sobre la utilidad de aquellos contactos parecía una burla, pero, francamente, a ella ya no le importaba. Llevaba cuatro días casada, pero a Kate le preocupaba mucho más cómo iba a conseguir superar cuatro semanas, cuatro meses, podía ser que aún más tiempo, atada a un hombre como Nikos. Según él le había contado, los trámites para conseguir la custodia de Sofia ya estaban muy avanzados y solo era cuestión de hacer lo que pudieran para apoyar la solicitud mientras esperaban a que los tribunales tomaran su decisión. Desgraciadamente, nadie sabía cuánto tiempo tardarían. Kate prefería ir día a día. No estaba segura de que sus delicadas defensas o su pobre y frágil corazón pudieran soportarlo.

Nikos se reclinó en la silla. No tenía deseos de unirse al resto de los espectadores, que aplaudían y vitoreaban. Sobre el escenario, un grupo de jóvenes bailaban frenéticamente, levantando las faldas de volantes y las piernas hasta una altura increíble, alzándose la ropa luego por detrás para terminar el número abriéndose de piernas sobre el suelo, para delirio de todos los presentes.

Suponía que estaban haciendo su trabajo, lo mismo que todo el mundo, pero sus esfuerzos lo dejaban frío. Cuando la música comenzó a acelerarse aún más y el ruido se hizo más insoportable, Nikos comenzó a preguntarse cuánto más de aquel espectáculo interminable podría tolerar.

Miró a Kate. Ella estaba muy bella aquella noche. Como siempre. Cuando abrió la puerta de la habitación aquella noche, con los hombros desnudos y el cuerpo tan recto y delicado, tuvo que contenerse para no cruzar el umbral, tomarla entre sus brazos y besarla para borrar la tensión que había entre ellos. Y después, para no llevarla hasta la cama, levantarle la falda y poseerla allí mismo

Definitivamente, habría sido una perspectiva mucho más placentera que pasarse la noche viendo aquel ruidoso espectáculo de cabaré. Y seguía siéndolo.

Le había resultado muy duro estar junto a Kate aquellos días, mucho más de lo que había anticipado. Se había olvidado de la amable naturaleza de Kate y de la facilidad que ella tenía para conectar con la gente por dondequiera que iba. Había estado completamente seguro de que había conseguido superar lo que había sentido por ella, pero las dudas habían empezado de nuevo a apoderarse de él, unas dudas que no quería reconocer y que lo estaban volviendo loco. A pesar de querer mantener las distancias y de esforzarse por no estar nunca a solas con ella, estaba cayendo de nuevo bajo el embrujo de Kate.

Después de su horrible ruptura y del vergonzoso modo en el que Kate le había tratado, él había regresado a Grecia, decidido a olvidarse de aquella breve y desastrosa relación. Furioso con Kate, pero principalmente con él mismo por haber sido tan necio, se había entregado en cuerpo y alma a algo que sabía que podía convertir en un éxito: su negocio con Philippos. Lo que en principio había sido el deseo de convertir la brillante idea de Philippos en un negocio, cambió radicalmente por su viaje a Nueva York. Fiona O'Connor había dejado inmediatamente al descubierto su ingenuidad sobre el dinero. Le había dejado bien clara la opinión que tenía sobre él y Kate no había hecho lo más mínimo para apoyarlo.

El dinero comenzó a ser importante. Comprendió que el dinero era poder y que el poder suponía el control al cien por cien sobre su propia vida. Nadie volvería nunca a mirarlo con desprecio. Nadie podría decirle nunca más que no era lo suficientemente bueno. Tal vez sus orígenes eran humildes, pero el dinero significaría que podría sobreponerse a todo su pasado e inventar una nueva persona. El dinero le haría fuerte.

Por lo tanto, cuando regresó a Creta, se puso manos a la obra para conseguir que un incipiente negocio despegara y alcanzara su objetivo. Empujó a hacerlo también a Philippos, algo de lo que se arrepentía de haber hecho. Philippos era un genio, pero también un hombre muy frágil y Nikos no debería haberle empujado tanto para que se mantuviera centrado y trabajara más duro. El repentino empeño por convertirlos a ambos en multimillonarios había sido la única obsesión de Nikos, pero al tranquilo e introvertido Philippos no le interesaba lo más mínimo.

Sin embargo, el negocio había despegado y el dinero había empezado a entrar. Por fin, el poder que Nikos tanto había ansiado fue suyo. Lo había conseguido. Nadie volvería a hacerle sentir inferior.

«Y mucho menos Kate O'Connor».

El problema era que ella le estaba haciendo sentir muchas otras cosas… Nikos se frotó la nuca con mano impaciente. Al hallarse de nuevo frente a ella, había descubierto que se encontraba batallando contra los mismos impulsos, los mismos deseos de siempre. Compartir la vida con Kate había abierto viejas heridas… heridas que se había convencido que habían sanado hacía mucho tiempo. Él era el único culpable de ello. Había sido él quien había organizado todo aquello. Si lo había hecho como una especie de prueba, había fracasado estrepitosamente y era algo que tenía que enmendar antes de que fueran más allá.

De una cosa estaba seguro. No volvería a desnudar su alma ni su corazón. Ya había cometido aquel error en una ocasión y no volvería a repetirlo. Ignorando sus propias reglas, le había ofrecido a Kate su amor y su compromiso para toda la vida. ¿Y qué había hecho Kate a cambio? Los había hecho pedazos y se los había tirado a la cara como si no fueran más que basura. Kate le había enseñado una dura lección que no olvidaría nunca.

En aquellos momentos, mientras la miraba a través de los párpados entreabiertos, Nikos se dio cuenta del esfuerzo que estaba haciendo al aplaudir cortésmente el ruidoso espectáculo. La sonrisa forzada en sus labios. Aquello le gustaba tan poco como a él. Se lo merecía.

En el pasado, habría sido capaz de morir por Kate O'Connor sin dudarlo un segundo. Ella lo había significado todo para él. Por ello tenía que estar en guardia contra el poder que Kate ejercía sobre él. Tenía que recordar los motivos por los que estaban allí. Kate era solo un propósito, un medio para alcanzar un fin. Nada más.

Sin embargo, la atracción era tan fuerte como siempre. No lo podía negar. De hecho, era abrumadora. La sentía latiéndole en la sangre, primitiva y potente, un ardor carnal que no podía contener. El pensamiento de llevársela a la cama lo consumía más y más, creciendo a cada instante.

Sin embargo, si eso fuera a ocurrir, sería estrictamente bajo las condiciones de Nikos. De eso no habría ninguna duda.

Tomó un sorbo de champán y dejó la copa sobre la mesa, empujándola. Tal vez en lugar de rechazar la atracción debería mirarlo de otra manera. Tenía a Kate exactamente donde deseaba. No. No exactamente. No quería estar allí con ella, en aquella sala llena de hombres de negocios que estaban entreteniéndose con unas bailarinas vestidas con ropa de otra época. Quería estar solo en alguna parte. Los dos solos para conseguir el tiempo suficiente para que contara de verdad.

El deseo le hizo cambiar de posición y ajustarse los pantalones. Volvió a mirarla. Ella estaba sentada muy recta. Su perfil orgulloso miraba al frente y tenía las manos sobre el regazo. Cuando por fin terminaron de resonar las últimas notas del cancán, las levantó para aplaudir cortésmente. Se notaba que se moría de ganas por que aquello terminara. Entonces, se inclinó para recoger su bolso y cruzó la mirada con la de Nikos. Aquellos maravillosos ojos verdes…

Durante un instante, él notó una cierta vulnerabilidad en ellos, una especie de indefensión que amenazaba con hacer saltar en pedazos la firme resolución de Nikos. No tardó en desaparecer, para verse reemplazada por un altivo desdén. Una mirada que le decía que lo estaba tolerando solo porque se sentía obligada y que, incluso así, lo hacía por el mínimo tiempo posible.

Ya se vería. Aquello le estaba empezando a parecer un desafío y Nikos jamás había podido resistirse a algo así.

Salir al fresco aire de la noche fue un alivio después del claustrofóbico ambiente del club. Nikos ayudó a sus invitados a encontrar taxi y luego agarró a Kate por el brazo y tiró de él. Sintió que ella se tensaba, pero que no se apartaba.

No pensaba llevarla de vuelta al hotel todavía. No quería que la velada terminara tomándose otra copa de whisky él solo para tratar de borrar sus traidores pensamientos. La tentación de saber que Kate estaba al otro lado de la pared era suficiente para privarle del descanso y luego, cuando por fin conseguía dormir, para turbar sus sueños.

—¿Vamos a dar un paseo? —le sugirió.

—Si quieres…

No fue una respuesta muy entusiasta, pero Nikos decidió aceptarla. Al menos, Kate no se había negado y la multitud de gente que había en la calle significaba que no le quedaba más remedio que quedarse a su lado. Y él ya no tenía intención de dejarla escapar.

Kate respiró el aire de la noche parisina y se concentró en captar todo lo que la rodeaba para intentar olvidarse de la cercanía de Nikos. La ciudad tenía un ambiente tan especial que era imposible no enamorarse de ella. Las calles estaban llenas de turistas y de locales, los cafés y los restaurantes prolongaban sus salones en las calles, el olor a la deliciosa comida aromatizaba el aire y las risas y las conversaciones alegres los rodeaban por todas partes.

Tras dar la vuelta a una esquina, se toparon con una plaza llena de pintores. Habían colocado los caballetes bajo los árboles, adornados con guirnaldas de luces, y tenían las pinturas sobre el suelo o contra las vallas de los jardines. Nikos captó el interés de Kate y aminoró el paso.

–Montmartre es famoso por sus pintores –dijo–. Renoir, Van Gogh, Picasso… todos vivieron y trabajaron aquí en algún momento de sus vidas.

Kate miró a su alrededor. Conocía ya aquel detalle y era maravilloso pensar que aquellos genios, cuyas pinturas tanto había admirado en los museos, habían estado allí, tal vez incluso en el mismo lugar en el que ella estaba. Casi podía notar su presencia.

–Pero no estoy seguro de que estos estén al mismo nivel –añadió él.

–Tal vez no –comentó Kate con una sonrisa–, pero tienen que ganarse la vida, igual que el resto de nosotros. Si esto es el modo que tienen de hacerlo, los envidio.

–¿De verdad? –le preguntó él girándose para mirarla–. ¿Significa eso que renunciarías a tu imperio por una paleta de pintor?

–En mi caso, sería la cámara –replicó ella apartando la mirada–. Me habría encantado ser fotógrafo profesional.

–Pensaba que odiabas a los paparazis.

–Y así es –afirmó ella. Se giró de nuevo hacia él–. No estoy hablando de esa clase de fotografía. Quiero decir retratos, paisajes… ese tipo de cosas.

–¿Y por qué no lo hiciste?

–¿El qué?

–Hacerte fotógrafa.

–Como única heredera de mi padre, se esperaba de mí que trabajara en la empresa familiar. La idea era que yo empezara desde abajo para ir aprendiendo lentamente todos los aspectos del negocio, pero entonces mi padre murió… De repente, me quedé al mando de toda la empresa. Bueno, mi madre y yo. Mi madre no pudo con la presión y yo lo estropeé todo…. Pero estoy segura de que no es necesario que te lo diga.

—No —dijo él con voz suave, tanto que la impulsó a mirarlo de nuevo—. Hay muchos tiburones esperando la oportunidad de saltar sobre una persona vulnerable e inocente.

—Como yo no tardé en descubrir.

—Eso es. Sin embargo, siempre pensé que tomar el control de Kandy Kate era lo que deseabas.

—Tal vez más adelante, pero no cuando tuve que hacerlo. Jamás esperé que mi padre muriera tan pronto…

—Es decir, te recortaron tus años de libertad.

—Nunca he tenido libertad, en realidad —dijo ella mirándole a los ojos—. Kandy Kate siempre ha gobernado mi vida.

Al escuchar aquella confesión, Nikos se sintió como si estuviera viendo a la verdadera Kate.

—¿Ahora más que nunca?

—Sí… ahora más que nunca.

—Sin embargo, no tiene por qué ser así. Cuando yo tenga la custodia legar de Sofia, tú recuperarás tu libertad. Kandy Kate volverá a funcionar y lo podrías vender como un negocio con muchos beneficios, invertir el dinero y hacer lo que quieras hacer.

—Yo nunca podría vender Kandy Kate.

—¿No? Bueno, eres tú quien lo tiene que decidir —replicó él. De repente, su voz se había endurecido y había aparecido un brillo gélido en sus ojos—. ¿Por qué no me dijiste desde el principio, Kate, que eras la heredera de una empresa de confitería tan importante?

—Te dije que mi padre tenía un negocio.

—Sí, pero le quitaste importancia deliberadamente.

No tenía ni idea del imperio que era hasta que llegué a Nueva York.

—No me pareció que fuera importante.

—No me vengas con esas —se mofó Nikos—. Me ocultaste deliberadamente la información.

Kate se tocó el lóbulo de la oreja.

—Tal vez no te lo dije porque no quería que se interpusiera entre nosotros. El hecho de que…

—Sigue, Kate. ¿El hecho de qué?

—De que yo proviniera de una familia acaudalada y tú fueras…

—¿Fuera qué? ¿Un camarero sin dinero? ¿El hijo de un tabernero de tres al cuarto?

—No… bueno, sí. No quería que las diferencias que había entre nuestras familias se interpusieran entre nosotros.

—Pues sí que lo conseguiste, sí —comentó él con sarcasmo—. Así que yo estaba en lo cierto. La razón por la que no querías que yo te acompañara cuando tuviste que regresar a Nueva York fue que te avergonzabas de mí.

—¡No! Estás muy equivocado, Nikos.

—¿De verdad? Pues eso fue lo que me pareció a mí. Cuando te pedí que te casaras conmigo, no tenía ni idea de lo rica que era tu familia. Cuando llegué a Nueva York para asistir al entierro de tu padre, no tenía ni idea de en lo que me estaba metiendo. Y eso fue porque tú, Kate, deliberadamente, me lo ocultaste.

—Lo hice solo porque estaba tratando de aferrarme a lo que teníamos el mayor tiempo posible.

—Lo sabías, Kate. Desde el principio, sabías que no teníamos futuro a largo plazo. Incluso cuando aceptaste mi proposición de matrimonio. Incluso cuando te puse el anillo en el dedo.

—¡No! ¡Eso no es verdad! Estás tergiversando mis palabras.

–Entonces, ¿cómo es que ese anillo había desaparecido milagrosamente cuando yo llegué a Nueva York?

–Ya sabes por qué –dijo ella bajando la mirada–. Cuando mi padre enfermó, no quería correr el riesgo de que él se disgustara aún más…

–Ah, sí. Gracias por eso, Kate.

–Y luego murió. Y luego…

–Sí, lo sé. El resto es historia –replicó él cuadrando los hombros y observándola desde su imponente altura–. Y ahora estamos en el presente y yo soy el que tiene dinero y poder. ¿Cómo te sienta eso, Kate?

–No me sienta de ninguna manera –mintió Kate, sonrojándose–. Veo que sigues creyendo que aún tienes la habilidad de disgustarme.

–¿De verdad?

Nikos le agarró la barbilla con una cálida y fuerte mano y le levantó el rostro para que se pudieran mirar a los ojos. Ella luchó desesperadamente contra la excitación que le produjo aquel momento.

–En ese caso, tal vez sería mejor que se lo dijeras a tu cara.

–¿Cómo dices?

–Esa expresión amargada me está empezando a cansar.

Kate no se podía creer lo que acababa de escuchar. El dolor y la ira le dejaron sin aliento y sin las palabras que le hubiera querido espetar.

De todos modos, no tuvo ocasión de responder. Nikos se había dado la vuelta y había dejado a Kate boquiabierta en medio de la acera mientras él se dirigía a contemplar una colección de cuadros que estaban apoyados sobre una verja. Mientras se acercaba, el pintor, un hombre de cierta edad que llevaba una boina y una enorme chaqueta de algodón sujetada con un único botón, se levantó del taburete y empezó a charlar con él.

Kate permaneció donde estaba, en silencio. Vio que el pintor la miraba, le decía algo a Nikos y luego le indicaba a ella que se acercara. De mala gana, Kate lo hizo, aunque se mantuvo a cierta distancia de Nikos. Él tenía un cuadro en la mano y lo estaba inspeccionando muy detenidamente.

—*Enchanté, mademoiselle* —le dijo el hombre con un ademán muy teatral, mientras le tomaba la mano a Kate y se la llevaba a los labios. Luego, dejó caer la mano y le agarró la barbilla. Le giró el rostro para ponerla de perfil, primero de un lado y luego del otro—. *Magnifique.* La musa perfecta para un artista.

—Gracias. *Merci* —dijo ella muy avergonzada.

—Todos los pintores… deben de estar haciendo cola para pintarla a usted, *oui?* —comentó el hombre mirándola muy fijamente.

—No… *non* —repuso ella, riendo muy incómoda. Lo único que tenía era un falso esposo que le decía que tenía una expresión amarga.

—En ese caso, me da pena la nueva generación. Si yo fuera veinte años más joven, no la dejaría marchar, pero… Tal vez me permita usted hacerle un dibujo.

—No, no lo creo…

—Venga, Kate —les interrumpió Nikos—. ¿Por qué no?

—Diez minutos de su tiempo. Eso es todo.

El hombre ya había empezada a colocar una enorme hoja de papel en el caballete y había tomado sus carboncillos. Le indicó a Kate que se sentara en una silla plegable que tenía frente a él y comenzó a estudiarla cuidadosamente durante unos largos segundos. Después, empezó a dibujar.

Nikos se colocó detrás del pintor. Sus ojos viajaban desde el lienzo hasta el rostro de Kate, casi como si fuera él quien estuviera dibujándola. Kate se mantuvo completamente inmóvil. La mirada de Nikos le hacía sentirse muy sensual, provocando que cada centímetro de su piel se tensara al escuchar el sonido que el carboncillo hacía sobre el papel. Era una sensación muy peculiar.

–*Voilá* –dijo de repente el anciano, mientras soltaba el papel y lo sacudía un poco antes de mostrárselo a Kate.

Kate miró su imagen con asombro. Resultaba increíble ver el modo en el que el hombre la había captado tan rápida y tan exactamente. La expresión reservada de su rostro le devolvía la mirada, pero también había una expresión distante, que parecía indicar el sentimiento tan erótico que Nikos le había hecho sentir mientras el hombre la dibujaba. Era casi indecente, por no mencionar que Kate se sentía muy avergonzada por haber expresado sus sentimientos tan descaradamente. Si el artista había sido capaz de captar aquella mirada, evidentemente Nikos también se habría dado cuenta.

Lo miró nerviosa, pero aún estaba de pie entre las sombras, con lo que ella no podía ver la expresión de su rostro. Al menos, en aquel momento, Nikos no podría acusarla de tener una expresión amargada.

–¿Cuánto le debo? –le preguntó Nikos, dando un paso al frente por fin.

–*Rien*. Nada –dijo el hombre mientras enrollaba el retrato y lo ataba hábilmente con un cordón–. Es un regalo.

–No, de verdad. Debe dejarme que le pague –insistió Nikos mientras se sacaba un puñado de euros del bolsillo y trataba de conseguir que el hombre los aceptara sin éxito.

–Lo que debe hacer, *monsieur,* es cuidar de esta mujer –le dijo tras entregarle solemnemente el retrato–. Debe amarla como ella se merece ser amada. Ese es el único pago que necesito.

Después de darle las gracias al pintor muy profusamente, Kate se apartó de él. Echó a andar con paso ligero sin saber adónde se dirigía. Necesitaba escapar de aquel momento tan incómodo. Nikos no tardó en alcanzarla. Entrelazó el brazo con el de ella y los sacó a ambos de la plaza.

El cuerpo de Kate se tensó mientras esperaba que él dijera algo sobre el dibujo. Sin embargo, Nikos parecía estar sumido en sus pensamientos y permaneció en silencio. Kate volvió a respirar, pero, cuando trató de apartarse de él, Nikos se resistió. Se mantuvo agarrado a ella mientras avanzaba con mucha seguridad por las estrechas callejuelas.

Por fin, llegaron a un tramo de escalones que los condujo a un espacio más amplio y les ofreció una espléndida vista de París. A sus espaldas, estaba la bellísima basílica del Sacré Coeur, iluminada por una suave luz anaranjada que la hacía destacar contra el cielo índigo de la noche.

–¡Vaya! –exclamó Kate mientras observaba con asombro el impresionante edificio.

–Preciosa, ¿verdad?

A pesar del comentario, Kate sintió que Nikos la estaba mirando a ella.

–¿Subimos hasta arriba? –sugirió él.

–Claro –afirmó ella rápidamente, tan solo para que él dejara de mirarla de ese modo.

Decidió que sería mejor que se quitara los zapatos. Aquella caminata con zapatos de tacón le estaba haciendo polvo los pies. Se los quitó y los agarró con dos dedos para colocárselos encima del hombro mientras hacía todo lo posible para ignorar el hecho de que Nikos la estaba observando con meticulosa atención.

La ascensión mereció la pena. La vista era aún más espectacular desde allí. París se extendía ante ellos como si fuera un tapiz de luz, con la Torre Eiffel parpadeando en la distancia.

Kate se sentó en el escalón más alto, pero Nikos parecía inquieto. No hacía más que ir de un lado a otro, con los brazos cruzados sobre el pecho. Por fin, se sentó junto a ella, tan cerca que Kate podía sentir perfectamente el çalor que emanaba de su cuerpo y aspirar su aroma único y embriagador. De repente, la vista pareció diluirse ante sus ojos y ella no pudo ser consciente de nada más que de la abrumadora presencia del hombre que estaba sentado junto a ella.

Estuvieran donde estuvieran y por muy horrible o enervante que pudiera resultarle la situación, la cercanía de Nikos siempre provocaba en ella la misma reacción incontrolable y salvaje, unos nervios y sensaciones que la llenaban de placer y dolor y la dejaban débil por el anhelo.

Miró su perfil, solo suavizado por el brillo de las luces de la basílica. Era tan guapo, tan imponente… En silencio, y una vez más, Kate deseó que las cosas hubieran sido diferentes entre ellos, que hubieran encontrado el modo de conseguir que todo funcionara entre ellos.

Mientras lo observaba, se vio obligada a admitir que los dos habían cometido errores. Nikos había sido muy cruel, pero ella también podría haber manejado mejor la situación.

Apartó la mirada y la centró en las relucientes luces de París. De una cosa estaba segura. Hiciera lo que hiciera y por mucho que se esforzara, el poder que Nikos ejercía sobre su corazón era muy fuerte.

Capítulo 6

NIKOS respiró profundamente, esperando que el fresco de la noche le hiciera recuperar el sentido común. Su agitación, en vez de apagarse desde que salieron del Moulin Rouge, se había hecho aún más intensa. El pintor no había ayudado. Se había quedado prendado de Kate del mismo modo que todo el mundo parecía hacerlo. Había algo en ella que atraía a la gente y les hacía amarla.

«Debe amarla como ella se merece ser amada».

Nikos no hacía más que darle vueltas a la frase en la cabeza. ¿Acaso no había tratado de amarla una vez, pero con desastrosas consecuencias? No tenía intención alguna de volver a cometer ese error. Lo que Kate se merecía era ser tratada del mismo modo que ella lo había tratado a él. Que se le demostrara lo que se sentía al ser el blanco de la falta de consideración.

Jamás le perdonaría el modo en el que ella le había tratado cuando llegó a Nueva York. El gesto de pánico que se reflejó en su rostro cuando él se presentó a su madre como el prometido de Kate, el modo en el que le rechazó y lo apartó de su lado, como amante y como hombre, dejándole muy claro que no quería su presencia en su ilustre familia… Aún le ardía en las venas como si fuera lava. Era como si Kate le hubiera dicho que no era merecedor de su amor. La falta de fe que mostró en él, en quien era y en quien podría ser, había hecho jirones la relación que había entre ellos, desgarrándola como si fuera un papel.

Efectivamente, Kate O'Connor se merecía que le enseñaran una lección y la forma que esa lección debería tener se iba haciendo más y más grande en la cabeza de Nikos. Cuanto más estuviera en presencia de Kate, más difícil sería resistirse.

Necesitaba una distracción. Respiró profundamente y trató de reconducir sus pensamientos. Necesitaba algo que le ayudara a difuminar el poder que Kate tenía sobre él.

«Fiona O'Connor».

—Bueno –dijo de repente–, ¿cómo está tu madre?

—Está bien, gracias.

—Confío en que no pueda tocar el dinero que he invertido en Kandy Kate.

—¿Eso es lo que te preocupa? Pues deja que te asegure que tu inversión está perfectamente a salvo.

—*Kalos*. Bien –replicó él colocando la mano sobre el escalón que había entre ellos–. Pero no puedes enfadarte por que quiera asegurarme. Tengo que decir que el modo en el que consiguió arruinar la reputación del negocio familiar tan rápidamente fue impresionante. Lo que dijo sobre que nunca te dejaba comer caramelos de niña porque era tan malo para los dientes fue un golpe maestro.

—Un periodista manipulador consiguió que lo dijera.

—¿Sigues defendiéndola, Kate? ¿Sigues creyendo que tu querida mamá no hizo nada malo?

—Sé que tomó algunas pésimas decisiones. Las dos lo hicimos.

—Ni que lo digas.

Un tenso silencio se produjo entre ellos. Kate se puso de pie con los zapatos aún en la mano. Levantó uno, casi como si fuera un arma, antes de inclinarse para ponérselo de nuevo en el pie, tambaleándose mientras trataba de hacerlo. Nikos se puso de pie inmediatamente y la sujetó.

—Pero ahora, vas a poder enmendarlo —le dijo mientras la sujetaba firmemente contra él. Ella se sintió frágil entre sus brazos, como si fuera un pájaro atrapado—. Sé lo mucho que significa para ti.

—Sí —afirmó ella—. Lo significa todo.

—¿Todo? Pues eso lo resume perfectamente, ¿no te parece? —comentó él con cierta amargura—. Si me lo hubieras dicho desde el principio, habrías ahorrado mucho… —se interrumpió momentáneamente para no pronunciar la palabra «dolor»—. Mucha confusión —añadió por fin.

Sintió que ella se rebullía entre sus brazos e inhaló el agradable aroma del cabello recién lavado.

—Suéltame, Nikos.

Nikos la soltó, dejando que las manos se le deslizaran lentamente por los brazos desnudos de Kate. En el último minuto, atrapó las manos de ella entre las suyas.

—Pensaba que lo había hecho hacía ya mucho tiempo, Kate. De verdad —dijo mientras miraba las manos entrelazadas y le acariciaba suavemente las palmas con los pulgares—. Ahora, ya no estoy tan seguro.

—¿Qué quieres decir con eso?

—Quiero decir que ahora que hemos reanudado nuestra relación, veo que hay fantasmas que se tienen que dejar atrás.

—No hay fantasmas.

Kate se soltó y se cruzó de brazos. El gesto hizo que se le levantaran ligeramente los senos. La suave luz jugaba con los ángulos de sus hombros desnudos, enfatizando la pálida y sedosa piel.

—Estoy segura de que eso te lo dijo tu madre.

—Mi madre no me dijo nunca nada —replicó él con

voz dura, aunque con más pasión de la que hubiera deseado–. Ella se marchó antes de que tuviéramos oportunidad de charlar sobre esas cosas.

–Pensaba que me habías dicho que murió cuando eras un adolescente.

–Y así fue, pero nos abandonó a mi padre y a mí mucho antes. De hecho, el día en el que cumplí dos años. No pudo elegir mejor el momento. Después de ese día, no la volví a ver más.

–Lo siento mucho, Nikos. No lo sabía –comentó ella con sinceridad–. ¿Por qué no me lo dijiste antes?

Nikos la miró boquiabierto.

–No creo que tú estés en situación de criticarme por haber ocultado información sobre mi familia –le espetó–. Y, por si lo dudas, tampoco quiero tu compasión. En realidad, debería ser yo quien sintiera pena por ti.

–¿Por mí? ¿Por qué?

–Por tener una madre como Fiona. Si ella es un ejemplo de las virtudes maternales, estoy mejor sin madre.

Vio que Kate se encogía, casi como si él la hubiera abofeteado. Tal vez el comentario había sido un golpe bajo, pero no era que Kate no se lo mereciera. Ella se había puesto del lado de su madre desde el principio y no había hecho intento alguno de suavizar las cosas en la primera reunión, una situación muy incómoda que había sido por completo culpa de Kate. No solo eso, sino que había ocultado la existencia de Nikos como si él fuera un sucio secreto, como si fuera algo vergonzoso. No le había dado oportunidad alguna de hacer que Fiona cambiara de opinión.

A Nikos no le importaba lo más mínimo lo que Fiona opinara de él. Ni le había importado entonces, ni le importaba en aquellos momentos. Por supuesto, le había dejado sin palabras la reacción que ella había tenido hacia él, pero lo habría olvidado todo, habría ignorado los despectivos comentarios y se habría reído de ellos si hubiera tenido el apoyo de Kate. Ingenuamente, habría creído que el amor que ambos compartían era sólido, eterno y lo suficientemente fuerte como para soportar todos los desafíos, sobre todo el de una mujer de mediana edad con una fuerte antipatía por los griegos sin dinero.

¡Qué equivocado había estado! El amor de Kate había desaparecido al vislumbrar problemas. O tal vez no había existido nunca.

Mientras la miraba, sintió que los recuerdos fluían con facilidad y que la ira de antaño lo golpeaba con fuerza. ¿Cómo podía dudarlo? Por supuesto que no había existido nunca. ¿No lo había dejado Kate perfectamente claro cuando entró en su dormitorio la noche del entierro de su padre?

Aquel día infame…

Ver a Kate presa de un dolor tan agónico le había resultado insoportable. Ella había parecido tan sola, como si tuviera que llevar el peso de la muerte de Bernie sobre sus hombros, soportando el dolor de ella y de su madre. Nikos la había visto completamente consumida por la tristeza, vacía, un simple reflejo de la mujer vibrante, cálida y divertida que había conocido en Creta. Había querido reconfortarla, apoyarla, estar a su lado como prometido suyo que era.

Sin embargo, Kate lo había rechazado por completo, casi como si lo culpara de la muerte de su padre. O como si lo culpara por estar allí, por aparecer en Nueva York cuando ella le había dicho que permaneciera en Creta. Por ser el humilde y despreciable inútil que la familia O'Connor evidentemente creía que era.

Sintiéndose completamente ignorado, Nikos se había tragado su orgullo y se había retirado a las sombras.

No quería causarle a Kate más dolor del que ya estaba sufriendo. El compromiso había sido obviado, dado que Kate le había dicho a su madre una y otra vez que no tenía que preocuparse. Le faltó decirle que Nikos se lo había inventado todo. Nikos fue apartado e ignorado.

Había dormido en la habitación de invitados y había ocupado un lugar discreto en el entierro y en la recepción que se ofreció después. Cuando todos los invitados se marcharon, Kate parecía estar completamente agotada y a Nikos no le había gustado verla así. Por ello, aquella noche, después de que Kate se excusara y se marchara a su dormitorio, él decidió ir tras ella con la intención de abrazarla y reconfortarla para tratar de aliviar su dolor.

Cuando llamó a la puerta, ella no contestó, por lo que Nikos decidió entrar. El dormitorio estaba vacío, pero Kate salió en ese mismo instante del cuarto de baño con algo en la mano. Al verlo, se sobresaltó.

—¡Nikos!

—Hola… no quería asustarte. Solo quería ver si estabas bien.

—Sí, estoy bien.

Kate había respondido llevándose al mismo tiempo las manos a la espalda.

—Eso no es cierto, Kate —le había insistido él acercándose a ella—. No estás bien.

—Solo necesito dormir un poco. Eso es todo.

—De acuerdo… Me estás diciendo que me marche, ¿verdad?

—No quiero discutir, Nikos.

—Yo tampoco, Kate. Solo estoy tratando de ayudarte, hacer todo lo que pueda para apoyarte.

—Como te he dicho, solo necesito descansar. Ha sido un día muy largo…

—Muy bien. Me iré en cuanto me digas qué es lo que estás escondiendo a la espalda.

Kate se sonrojó.

–No es nada.

Nikos insistió en silencio, extendiendo la mano. Se le había pasado por la cabeza de lo que se trataba y se negaba a que ella lo mantuviera al margen.

Al comprender que no tenía escapatoria, Kate llevó las manos al frente. Nikos notó que ella tragaba saliva y vio miedo en sus ojos. Entonces, observó que ella tenía un pequeño dispositivo de plástico en la mano.

–Déjame ver.

Había esperado que Kate protestara, pero, en vez de eso, ella se lo entregó sin protestar. Sobre el dispositivo, había un diagrama que explicaba claramente el resultado. Dos líneas rosas, embarazada. Una línea rosa, no embarazada.

Nikos levantó la mirada y vio que Kate lo estaba mirando a él en vez de a la prueba de embarazo.

–¿Y bien? –le preguntó angustiada. Evidentemente, no sabía el resultado.

–No estás embarazada, Kate.

–Ay, gracias a Dios –exclamó ella aliviada, antes de arrebatarle el dispositivo de las manos y caer de rodillas al suelo.

Nikos la había mirado desde arriba, observando cómo la luz se reflejaba en su brillante cabello castaño y algo se había despertado dentro de él. Había aceptado todo lo ocurrido hasta aquel momento porque Kate había perdido a su adorado padre, pero aquello… Aquello era la gota que había colmado el vaso.

–Veo que estás muy contenta.

–Por supuesto –le respondió Kate, mirándolo muy sorprendida–. Habría sido un desastre quedarse embarazada ahora.

–¿Un desastre?

Nikos jamás lo habría considerado así. Después de

la sorpresa inicial, se habría sentido feliz, orgulloso. Crear una vida con Kate, ser padre, le parecía a él una emocionante aventura y, hacía unas semanas, habría estado seguro de que Kate pensaba lo mismo. Sin embargo, resultaba evidente que no. El resentimiento se había apoderado de él. Una vez más, se había visto traicionado por una mujer a la que amaba. Su madre lo había rechazado de niño y, en aquellos momentos, Kate lo rechazaba como padre.

—¿Te puedo preguntar por qué lo habrías considerado un desastre? —le había preguntado sin poder contenerse.

—Bueno, creo que es evidente, ¿no?

—Para mí no lo es.

—Yo no habría podido ocuparme de un bebé encima de todo lo demás. Ahora que mi padre no… ya no está aquí, voy a tener que ocuparme del negocio y concentrarme en cuidar a mi madre. Ella me necesita ahora más que nunca.

—¿Y nuestra familia? ¿O lo que podría haberlo sido? —le preguntó señalando la prueba de embarazo que ella había desdeñado ya sobre la suntuosa moqueta—. ¿Eso no cuenta nada?

—Mira, no puedo hablar de esto ahora, Nikos. Solo da gracias de que no estoy embarazada y dejémoslo así.

Ella había extendido el brazo, con la palma de la mano hacia él. El gesto le decía que se marchara. Le trataba como si no fuera nadie de importancia. Como si no fuera nada.

En aquel momento, algo se rompió dentro de Nikos. Además de todo lo que había ocurrido ya entre ellos, aquel gesto significaba algo más. En Grecia, era lo más insultante que se podía hacer a una persona. Aunque sabía que Kate lo desconocía, Nikos sintió que la ira se apoderaba de él y que el orgullo salía a la superficie por fin.

–Claro que sí. ¡Estoy muy agradecido!

Le agarró la mano y se la hizo bajar. Kate lo miró sorprendida y atónita.

–Sin duda, estás muy agradecida de que yo no voy a mancillar tu preciosa sangre O'Connor con mis pobres genes, pero deja que te diga una cosa. Me alegro de que no estés embarazada, porque no querría que ningún hijo mío tuviera que cargar contigo como madre.

–¡Nikos!

–Lo digo en serio, Kate –rugió, completamente fuera de sí–. Tal vez creas que eres mejor que yo, que todo esto –añadió señalando la opulenta habitación con vistas a Central Park–, te hace superior en todos los sentidos. Pues bien, deja que te diga una cosa. Estás muy equivocada. Tal vez yo no provenga de una familia con dinero y no haya tenido una educación privilegiada como tú, pero ¿sabes qué? Me alegro. Porque tengo algo mucho más importante: principios, honor e integridad.

–¿Acaso crees que yo no?

–Creo que has perdido de vista lo que importa, Kate. No puedes ver lo que tienes delante.

–¿Y eso es?

–Que no eres nada más que la niña mimada de un padre que te ha consentido todo y una madre manipuladora. No conocí a tu padre, pero...

Kate dejó escapar un extraño sonido, como el de un animal herido. Trató de apoyarse sobre la cómoda.

–No... no te... atrevas... a faltarle al respeto a mi padre.

Al verla así, Nikos se contuvo y bajó un poco la voz.

–Lo único que digo es que, si era el gran hombre que tú dices que era, no se merecía esa esposa y una hija como tú.

El silencio cayó entre ellos como un cristal rajado. Kate dio un paso atrás.

–Veo ahora que la mujer que conocí en Creta, la mujer de la que me enamoré, no existió nunca. Era falsa. Bajo aquel espíritu libre, se escondía la verdadera Kate O'Connor, alguien que solo se estaba divirtiendo antes de sentar la cabeza para casarse con un rico banquero de una acaudalada familia estadounidense. ¿Estoy en lo cierto?

Kate lo miró fijamente.

–Si de verdad crees eso, Nikos, no me conoces en absoluto.

–¿No? ¿No será más bien que duele verse cara a cara con la verdad?

–Todo duele –dijo ella, con una mirada torturada en el rostro que estuvo a punto de hacer flaquear a Nikos. «A punto». De repente, Kate se dirigió a la puerta y la abrió de par en par–. Fuera.

–Muy bien –replicó él mientras se acercaba a ella–, pero, para que lo sepas, Kate, si me marcho ahora, no voy a regresar.

Había esperado a que Kate dijera algo, a que hiciera algo que le impidiera marcharse, pero ella había permanecido en silencio.

–Si me marcho ahora, nuestra relación se habrá terminado.

Kate lo miró y él vio la verdad. Aquellos ojos verdes eran como piedras.

–Nuestra relación ya se ha terminado, Nikos.

Tres años habían pasado desde aquel momento, pero, mientras Nikos miraba a Kate en aquella escalera, comprendió que las brutales emociones de aquella noche no estaban muertas y enterradas. Ni mucho menos. A Kate solo le haría falta una mirada de aquellos ojos o un susurro contra la mejilla de Nikos para que él volviera a estar presa de su poder. Tal vez él ya era mayor y ciertamente más rico, pero, en lo que se refería a Kate, no había aprendido nada.

Respiró profundamente el aire de la noche y maldijo en silencio el modo en el que Kate le estaba mirando. No le estaba provocando deliberadamente. De hecho, parecía nerviosa, insegura, como si no confiara en sí misma o en los altos tacones que llevaba puestos sobre los adoquines de París. Eso hizo que la libido de Nikos se disparara.

Tenía que encontrar el modo de controlarse. Y rápido.

Se cuadró de hombros y recobró la compostura.

—Se está haciendo tarde. Deberíamos regresar al hotel.

Se dio la vuelta repentinamente y comenzó a bajar los escalones sin mirar a Kate, sin esperar a que ella respondiera porque, si lo tentaba de algún modo sobre lo que podría ocurrir cuando llegaran al hotel y sobre cómo podría acabar aquella noche, era hombre muerto.

Capítulo 7

KATE levantó la cámara y tomó otra estupenda fotografía. Casi era demasiado fácil. Venecia tenía que ser la ciudad más hermosa del mundo. París no la había desilusionado, como tampoco Roma, por lo que había conseguido ver durante el par de días que Nikos y ella pasaron allí. Sin embargo, Venecia le había dejado sin palabras.

A sus espaldas, el gondolero, ataviado con su tradicional jersey a rayas azules y blancas, maniobraba con habilidad la góndola a través del denso tráfico que había en el Gran Canal e iba señalando los diferentes lugares de interés. Los grandiosos *palazzos* y las iglesias barrocas, el puente Rialto… Mirara por donde mirara, siempre había algo magnífico que ver.

De repente, el gondolero salió del canal principal para tomar uno más pequeño, tan estrecho en algunos lugares que tenía que utilizar las manos para apartarse de las fachadas de los antiguos edificios. Lejos del bullicio del Gran Canal, allí todo era paz y tranquilidad. Tan solo se oían los murmullos de las voces en la distancia y el relajante sonido del remo golpeando el agua. Aquellas eran las calles más escondidas de Venecia y, para Kate, resultaban tan fascinantes como el Gran Canal.

Observaba atentamente los edificios, con sus balcones de hierro forjado y las contraventanas de madera con la pintura descascarillada. Se preguntó cómo sería vivir allí y si las personas que habitaban en aquellas casas serían felices. Todo el mundo tenía sus problemas, pero, a veces, le parecía que ella tenía más de lo que le correspondía.

Desde la noche en la que hablaron sobre los escalones del Sacré Coeur, no había habido más conversaciones en profundidad, ni más menciones a la familia, algo por lo que Kate se sentía muy agradecida. La brutalidad con la que Nikos había hablado de su madre le había dolido mucho, tal y como él quería, pero, en lo más profundo de su ser, Kate comprendía que su opinión estaba justificada. Fiona lo había tratado muy mal.

Y la propia Kate en realidad también.

Tal vez si hubiera podido explicarle la situación de su madre a Nikos, las cosas hubieran sido diferentes. Sin embargo, Fiona le había hecho jurar a Kate que no le diría a nadie bajo ninguna circunstancia su estado. Tratar de razonar con ella, darle a entender el hecho de que una enfermedad mental no era nada de lo que avergonzarse, había tenido el efecto contrario. Su madre se había puesto histérica porque Kate quería decirle a todo el mundo que estaba «loca» y que su hija no estaría contenta hasta que no la encerrara.

Por lo tanto, Kate se había limitado a obedecer y había guardado silencio. Después de todo, era la enfermedad de su madre y tenía que respetar sus deseos.

La relación que Kate había tenido con Fiona siempre había sido difícil. De niña, siempre había aceptado que su madre estaba delicada. Fiona, en ocasiones, se pasaba días enteros en la cama, sufriendo de dolores de cabeza y cambios de estado de ánimo. Su padre le había inculcado siempre que debía tratar a su madre con el máximo cuidado, que debía obedecerla siempre y estar tranquila. Kate no se dio cuenta hasta que fue una adolescente que su madre tenía un cuadro clínico y que sufría de ansiedad y depresión.

Como imagen de Kandy Kate, Kate se había pasado su infancia en sesiones de fotos y campañas de publicidad, todo organizado por su madre. Eso era lo único que parecía ayudar a Fiona a centrarse y a mantener a raya sus demonios. Por lo tanto, Kate se había limitado a hacer lo que le decían.

Cuando otros niños salían a montar en bicicleta, ella estaba haciéndose la manicura. Cuando otros se divertían en fiestas de pijamas, ella tenía que acostarse temprano porque su madre había insistido en que tuviera siempre un aspecto perfecto. Ese patrón había continuado hasta que Kate cumplió veinte o veintiún años. Con el amor incondicional de su padre, había tenido al menos una persona a la que acudir para recibir un abrazo o un consejo. Sin embargo, como Bernie también tenía que preocuparse por Fiona, Kate había tratado de hacerle la vida lo más fácil posible. Siempre había tratado de ser la hija perfecta.

A los veintitrés años, su padre le sugirió que entrara a formar parte de la empresa. Kate había estudiado fotografía en la universidad y se había imaginado una carrera viajando por el mundo, haciendo fotografías en exóticos lugares. Sin embargo, decidió cumplir con su deber porque su padre la necesitaba. Por ello, habían llegado a un acuerdo. Kate se marcharía a viajar por Europa durante tres meses y luego se uniría a la empresa cuando regresara.

A Fiona no le había parecido buena idea que su hija se marchara a Europa tres meses. Por suerte, Bernie insistió, pero aquella noche los dos tuvieron una fuerte pelea. Desesperada por conseguir que reinara de nuevo la paz, Kate anunció que no se marcharía, pero su padre no quiso oír nada al respecto. Insistió en que Kate se marchara diciéndole que su madre lo superaría y que todo saldría bien.

No fue así. Seis semanas después, cuando Kate se estaba divirtiendo mucho libre de las cadenas de Kandy Kate y gozando de su libertad, enamorándose, su padre tuvo un ataque al corazón del que nunca se recuperó.

Al regresar a Nueva York, Kate encontró a su madre en un estado muy inestable. La acusó del ataque al corazón de Bernie, diciéndole que nunca habría ocurrido nada si ella no hubiera sido tan egoísta e irresponsable.

Además del dolor y de la pena por la muerte de su padre, Kate tuvo que cargar también con un fuerte sentimiento de culpabilidad. Comprendió que su prioridad debía ser su madre. Tendría que hacer todo lo posible para evitar que Fiona cayera en la desesperación. Su propio dolor tendría que ser dejado a un lado.

Nikos debía ocupar un segundo plano en su corazón y allí debía estar hasta que las cosas se hubieran calmado y ella pudiera encontrar el momento adecuado. Fiona tenía que estar fuerte para escuchar las noticias de que se había enamorado de un adonis griego y que se había comprometido con él para casarse.

Entonces, Nikos se presentó de improviso. Por supuesto, la reacción de Fiona ante el compromiso fue la esperada. Kate se interpuso entre ellos y trató de parar los golpes verbales cuando Fiona exigió saber qué era lo que Kate pensaba que estaba haciendo con aquel inútil. Le preguntó que cómo podía haber sido tan estúpida para imaginarse que se podía casar con un hombre así. ¿Es que Kate no se daba cuenta de que solo buscaba su dinero? ¿No había hecho Kate ya suficiente daño? Ya había matado a su padre. ¿De verdad quería Kate tener la muerte de su madre también sobre su conciencia?

Kate se repitió en innumerables ocasiones que su madre no lo decía en serio. Que era el dolor lo que la empujaba a hablar así, junto a su frágil salud mental. Sin embargo, la situación era desesperada y Kate había comprendido que debía centrar toda su atención en su madre. Simplemente, no había tenido energía suficiente para preocuparse de Nikos. Además, él lo había empeorado todo al presentarse sin que nadie lo invitara.

Por eso, Kate lo había apartado de su lado y había tratado de minimizar la importancia de Nikos en su vida mientras trataba de superar el estrés que la rodeaba. Nikos era fuerte. Su amor era fuerte, o eso era lo que ella había pensado. Decidió que se lo explicaría todo más tarde y le compensaría por ello. En aquellos momentos, su madre era su prioridad.

Además de todo eso, había algo más que preocupaba a Kate. No recordaba con exactitud cuándo había sido la última vez que tuvo el periodo, pero debía de haber sido antes de que su padre cayera enfermo. Pensar que tenía que decirle a su madre que estaba embarazada de Nikos era una situación demasiado estresante. Fiona se volvería loca. No quería ser responsable también de la muerte de su madre.

Por eso, se había sentido tan aliviada cuando el resultado de la prueba fue negativo. Había pensado que Nikos también lo estaría, pero se había equivocado.

La reacción amarga y cruel que él había tenido la había sorprendido por completo. De hecho, aún no había logrado comprender qué era lo que la había causado, pero no tenía intención de preguntárselo. Aunque los dos se habían contenido a la hora de hablar del pasado desde París, sabía que Nikos la vigilaba constantemente. Fueran donde fueran e hicieran lo que hicieran, Nikos controlaba todos sus movimientos constantemente. Eso resultaba en parte alarmante y en parte muy seductor. Kate no sabía qué era lo que la asustaba más, pero sí sabía que el poder de aquellos ojos castaños encendía su cuerpo, le aceleraba el pulso y tensaba lo más íntimo de su ser. Sentía que la miraba constantemente, como estaba ocurriendo en aquellos instantes.

Sin embargo, la tensión que había entre ellos allí en Venecia era diferente. La noche anterior habían cenado solos los dos en una preciosa *trattoria*, lejos del bullicio de las calles principales. Para sorpresa de Kate, no había habido fotógrafos y ella se había resistido a la tentación de preguntarle a Nikos el porqué. Se había limitado a darse permiso para relajarse y disfrutar de la velada.

Se habían mantenido alejados de temas de conversación peligrosos. Nikos la había hecho reír con su irreverente sentido del humor y le había recordado al hombre que conoció en Creta y del que se enamoró tan profundamente. Sin embargo, al final de la velada todo había cambiado y él había vuelto a encerrarse de nuevo en sí mismo. Kate comprendió que no tenía ni idea de qué era lo que le pasaba por la cabeza. Sin embargo, lo que sí sabía a medida de que los días iban pasando, era que, cuanto más tiempo pasaba en su compañía, más peligroso le parecía.

El viaje en góndola terminó por fin. Atracaron en el muelle y el gondolero saltó para ayudar a Kate a salir del barco. Ella le dio las gracias con las pocas palabras que conocía en italiano y sonrió. El gondolero le besó la mano y le realizó una reverencia. Entonces, Nikos le dio al hombre una propina, muy generosa a juzgar por el rostro del gondolero, y dijo algo. Kate no supo el qué. Los dos hombres se dieron la mano.

—Bueno —le dijo él agarrando el brazo de Kate mientras subían unos escalones—, ¿voy a tener que estar ahuyentando constantemente a tus pretendientes cuando estemos juntos?

—¿Qué quieres decir? —le preguntó ella sorprendida.

—Bueno, pues que, dondequiera que vamos, tienes hombres que flirtean descaradamente contigo.

—No exageres. Los italianos son así.

—Umm… ¿Y qué pasa si no me gusta?

Se dirigían agarrados del brazo hasta la plaza de San Marcos. Resultaba extraño lo natural que parecía, pero el comentario de Nikos hizo que Kate se detuviera en seco.

—¿Y por qué te iba a importar a ti?

—No estoy seguro. Me he estado haciendo la misma pregunta.

—¿Y has encontrado ya la respuesta?

—No. Algunas veces es mejor no analizar excesivamente estas cosas —comentó él mientras echaba a andar de nuevo.

Seguramente era un buen consejo. Kate no tenía deseo alguno de analizar por qué aquel sentimiento de posesión le resultaba tan cálido y reconfortante por dentro.

Cuando entraron en la famosa plaza, las palomas les fueron abriendo camino prácticamente a sus pies.

—¿Qué fue lo que le dijiste al gondolero?

—Le dije que se controlara un poco si sabía lo que le convenía.

—¡No! —exclamó Kate escandalizada.

—O tal vez solo le di las gracias por un paseo muy agradable. ¿Qué es lo que te parece a ti, Kate?

—Yo… no lo sé.

Sin embargo, Nikos sonrió ligeramente y ella lo supo enseguida. Estaba tomándole el pelo. Nada más.

—¿Vamos a tomar un café? —le preguntó señalando las mesas que había en la plaza.

—Quiero hacer antes unas fotos. Ve tú delante.

Lo que en realidad quería era disponer de unos instantes a solas para poder respirar tranquila y para tratar de aplacar los alarmantes efectos que él estaba produciendo en ella. La constante provocación de Nikos la turbaba aún más que el frío y calculador trato al que él la había sometido al inicio del viaje.

Sentía la presencia de él invadiendo cada parte de su cuerpo, derribando sus defensas, debilitándolas con el brillo de aquellos ojos y con cada gesto de la boca y las manos. Sin embargo, lo que sentía por Nikos era mucho más que atracción física. De algún modo, él había despertado una parte de ella que Kate ni siquiera sabía que existiera y que, a pesar de lo que había ocurrido entre ellos, se negaba a morir.

Si Kate había pensado que podría escapar de él, se había equivocado. Lo que más la asustaba era que, en realidad, no sabía si deseaba hacerlo.

Se concentró en tomar sus fotografías y dio un paseo por la plaza, admirando el campanario y el brillo del sol sobre los flancos dorados de los cuatro enormes caballos que había sobre la entrada a la basílica. Había tantas cosas que fotografiar…

Tras hacer las fotografías, tapó la lente y guardó la cámara. Hacía calor y estaba empezando a lamentar la decisión de ponerse unos pantalones de cuero. Unos cortos habría sido una mejor elección.

–¿Has conseguido las fotos que querías?

La temperatura de su cuerpo pareció subir un poco más cuando Nikos se colocó junto a ella y le deslizó un fuerte brazo alrededor de la cintura. Kate miró a su alrededor, esperando ver a algún fotógrafo cerca, asumiendo que aquella debía de ser otra imagen preparada por Nikos en su incansable persecución de publicidad para su causa, pero no vio a nadie. Solo un montón de turistas como ellos.

Nikos bajó un poco más la mano y se la colocó sobre la cadera. Abrió los dedos, de manera que se curvaron justo por encima del trasero. Todos los músculos del cuerpo de Kate se tensaron.

–Sí, gracias –contestó ella. Se mantuvo muy quieta, luchando contra el ardor que le producía aquel contacto. Le pareció una prueba deliberada, a ver cómo ella reaccionaba.

Cuando Nikos apartó la mano, ella respiró aliviada, pero entonces, los dedos de él se deslizaron por debajo de la parte inferior de la blusa hasta encontrar la piel desnuda de la cintura. Entonces, Kate sí reaccionó. Sintió que una oleada de sangre caliente se acumulaba en el centro de su feminidad.

Podría haberse apartado muy fácilmente, pero aquella caricia era como terciopelo y no pudo evitar acercarse más a él, invitarle a que moviera la mano un poco más y acariciara un poco más de piel.

–Parece que tienes calor, *agapi mu* –comentó él con una perezosa sonrisa–. ¿Vamos a algún sitio a refrescarnos?

Kate tragó saliva y dio un paso atrás.

–Tal vez vaya al hotel a cambiarme. No me había dado cuenta de que iba a hacer tanto calor.

–Es cierto. La temperatura parece haber subido mucho –susurró él en tono sugerente.

Se dirigieron al hotel, caminando rápidamente, como si un repentino propósito los empujara hacia delante.

El vestíbulo del hotel era fresco y oscuro después de la luminosidad del exterior. El Palazzo, que estaba en el Gran Canal, era seguramente uno de los hoteles más exclusivos de la ciudad, pero, por alguna razón, tenía un ascensor minúsculo. Cuando la puerta se cerró tras ellos, Nikos se colocó a su lado, irradiando calor, deseo y magnetismo sexual. Kate sintió que el poco oxígeno que había en el ascensor desaparecía por completo.

Nikos miró fijamente a Kate, observando con masculina satisfacción cómo los senos se le habían erguido bajo el calor de su mirada y escuchando con placer lo entrecortada que tenía la respiración. Ninguno de los dos dijo nada, pero, mientras el ascensor subía a la suite del ático, el deseo que latía entre ellos era inconfundible.

Nikos se mostraba impaciente. Su necesidad estaba adelantando rápidamente a su anticipación, por deliciosa que esta fuera. El deseo que sentía por Kate había escalado dolorosamente aquella mañana cuando ella apareció llevando puestos unos pantalones de cuero negro. Aquel trasero ceñido por el cuero llevaba atormentándolo todo el día y había hecho que las cabezas de los hombres se giraran a mirarla más de lo que ya era habitual.

A Nikos no le gustaba. Observarla mientras paseaba por la plaza de San Marcos y ver cómo la miraban los hombres le había hecho hervir la sangre hasta que, por fin, no le había quedado más remedio que acercarse a ella para reclamarla delante de todos y marcarla como suya poniéndole la mano en el trasero. Al sentir cómo los músculos de Kate se tensaban, había experimentado un fuego en la entrepierna que aún le ardía. Y le había dejado deseando más. Mucho más. Y lo deseaba en aquel momento.

La suite estaba oscura cuando entraron. El personal de limpieza había cerrado las contraventanas para evitar que entrara el sol. Ninguno de los dos hizo ademán de abrirlas.

Nikos se colocó delante de Kate, sin tocarla, solo esperando. Observó la delicada blusa de gasa y se percató de que los tres botones superiores estaban desabrochados y dejaban al descubierto la parte superior del sujetador de encaje. Tragó saliva.

Se miraron, pero ninguno de los dos se movió.

–Nikos…

Nunca antes había sonado tan pecaminoso y seductor su nombre en labios de una mujer. La sangre pareció empezar a fluirle mucho más despacio, como si se estuviera preparando para un esfuerzo mayor. La braqueta, por el contrario, se le tensó dolorosamente.

–Kate…

–Nikos, yo… yo…

–¿Sí?

La agonía de aquella espera lo estaba matando, pero esperaría. Esperaría a que Kate fuera la que diera el primer paso. Cerró los ojos durante un instante y oyó el suave susurro de un movimiento. Entonces, notó el delicado aliento de Kate en el cuello y abrió los ojos. Kate estaba justo delante de él, mirándolo, con las pupilas tan dilatadas que sus ojos verdes parecían casi negros. Tenía la boca ligeramente entreabierta, esperando que él la reclamara.

Cuando Kate se puso de puntillas y colocó su rostro a pocos centímetros del de él, Nikos se dejó llevar por fin. Se dio permiso para hacer lo que llevaba deseando una hora, una semana… desde que volvió a ver a Kate en aquel asqueroso club.

La besó con pasión. Le agarró la cintura con las manos para estrecharla contra su cuerpo y así poder volver a acariciarle el trasero. La apretó contra él y dejó que sus labios gozaran con el tacto de aquella suave boca, del modo en el que ella la abría para él, devolviéndole el beso apasionadamente. Mil recuerdos se apoderaron de él. El sabor de Kate, su tacto, el modo en el que encajaba perfectamente con su cuerpo… Todo lo que ella le hacía. Todo lo que le había hecho siempre desde la primera vez.

La necesidad de hacerle el amor a Kate cuando se conocieron había sido insoportable. Aunque se había imaginado que ella era menos experimentada sexualmente que él, Kate no le había dicho hasta el último momento, cuando ya era imposible volver atrás, que era virgen.

Nikos había tratado de contenerse y de asegurarse de que era lo que ella quería y que deseaba entregarse a él. Kate se había reído y le había cubierto el rostro de besos, animándole a poseerla allí mismo sin dudas, sin temores. Y así lo había hecho él.

Nada le había preparado para el poder de su unión. Le había dejado sin palabras. El sexo con Kate había sido mucho más que cuatro letras y mucho más de lo que había sido antes con otra mujer. La fuerza de su pasión era tal que Nikos no había tardado en convencerse de que tenía que hacerla suya para siempre y que debía pedirle que fuera su esposa.

Tres años más tarde, por fin lo había conseguido. Sin embargo, las circunstancias no podían ser más diferentes. Ya no era todo de color rosa, como lo había sido entonces. Había sido un necio al pensar que eso era posible con Kate o con cualquier otra mujer. ¿Acaso no había aprendido nada de la desastrosa relación de sus padres?

Según su padre, la relación de sus progenitores había sido una locura de amor, llena de fuego y pasión. Y solo había que ver cómo había terminado. Nikos, como un estúpido, había hecho exactamente lo mismo. Se había enamorado de la mujer equivocada y se había dejado llevar por una relación sin futuro sin haber aprendido nada del pasado. Por suerte, no habían engendrado un hijo juntos.

Sin embargo, no era el momento de enfrentarse a sus demonios. Nikos no tenía intención de desperdiciar ni un segundo. Iba a vivir aquel momento como si fuera el último de su vida.

Le desabrochó bruscamente la blusa y oyó que ella gemía. Estaba profundizando el beso, barriendo el cuerpo de Nikos con su pasión y desenfreno como si fuera una tormenta del desierto, sin dejar ni un centímetro de su cuerpo sin tocar. Él le acarició los senos por encima de la tela del sujetador, sintiendo cómo los pezones se erguían bajo su tacto. Le quitó la blusa y la dejó caer al suelo. Cuando Kate se disponía a hacer lo mismo con su camisa, él rompió el beso y se la quitó, sacándosela por la cabeza.

Se miraron fijamente durante un instante. Entonces, deliberadamente, sin apartar la mirada de la de ella, Nikos comenzó a desabrocharse el cinturón y luego hizo lo mismo con los botones de los vaqueros. Se los quitó con el esfuerzo que le suponía la contención y los apartó con una patada. Sin retirar la mirada, se colocó ante ella con el poder de su erección apenas contenido por el boxer.

La deseaba tan desesperadamente que sintió deseos de gritar, pero podría hacerlo. Podría hacerla esperar. Solo un poco más.

Kate observó cómo Nikos se deslizaba la mano dentro del boxer y parpadeó antes de tragar saliva. Bajo la tela de algodón blanco, la mano comenzó a moverse. Sin dejar de mirarla, comenzó a provocarla, tentándola con aquella exhibición de poder sexual.

Kate no lo pudo soportar más. Deseaba ser ella quien acariciara aquel magnífico miembro. Deseaba sentirlo dentro de ella. Deseaba a Nikos.

Se bajó la cinturilla de los pantalones y estuvo a punto de caerse. Se golpeó el codo contra una ornada butaca dorada. Le dolió mucho, pero la frustración de quitarse los pantalones le dolía más.

Se los bajó lo mejor que pudo, agarrándose a la butaca para no perder el equilibrio. Entonces, Nikos se acercó a ella, la levantó sin esfuerzo y la sentó en la butaca. Retiró los insidiosos pantalones como si fuera una segunda piel, arrastrando con ellos las braguitas. Entonces, le separó los muslos y se arrodilló delante de ella.

Kate se agarró a los brazos de la butaca. Era vagamente consciente de la cabeza de Nikos entre sus piernas, pero cerró los ojos y se rindió a los deliciosos placeres que le proporcionaba aquella lengua. Gimió larga y profundamente, retorciéndose de placer de manera que la silla crujía bajo su peso, incapaz de permanecer inmóvil mientras el delirio se apoderaba de ella con cada movimiento de la lengua, con cada gozosa caricia.

Cuando los primeros temblores del placer empezaron a apoderarse de ella, sintió que Nikos se apartaba. Oyó que se ponía de pie y, al abrir los ojos, vio que él se estaba quitando los calzoncillos. Se mantuvo inmóvil. ¿Estaba haciendo aquello deliberadamente para torturarla?

Deslizó una mano entre las piernas. Terminaría aquello sola si era necesario. Con Nikos frente a ella, con el aspecto de ser el ejemplo perfecto de la fantasía sexual de cualquier persona, podría llegar hasta el final incluso sin hacer nada. Solo con mirar su glorioso aspecto sería suficiente.

–No, no –dijo él mientras le agarraba la mano para retirársela–. Eso no. Llevo esperando este momento mucho tiempo para que se me niegue el placer final.

¿Era eso cierto? ¿De verdad la había estado esperando? Para Kate no había habido nadie más. ¿De qué habría servido? Ningún hombre podría haber igualado su fuerza, belleza y potente virilidad. Nikos era la definición perfecta del macho alfa. La había excitado tanto cuando se conocieron que Kate había dejado a un lado inmediatamente cualquier preocupación virginal que hubiera podido tener. El tiempo y la riqueza habían endurecido su aspecto y lo habían pulido como una armadura, pero el efecto era igual de letal. Su arrogancia, su seguridad en sí mismo, su perfección… Aún tenía prisionera a Kate en su atractivo.

Cuando él se inclinó para levantarla de la butaca, Kate le rodeó instintivamente el cuello con los brazos y el torso con las piernas. Se apretó contra él, frotándose contra su sexo, gozando con las sensaciones que le producía aquel maravilloso cuerpo.

Nikos la besó profunda y apasionadamente. Entonces, dio un paso, y luego otro, hasta que Kate quedó contra la pared. Se produjo un glorioso instante de anticipación hasta que, por fin, Nikos se hundió en ella con un movimiento largo, firme y profundo. Kate abrió la boca y cerró los ojos para sentir mejor el gozo de tenerlo dentro de su cuerpo, en toda su longitud, llenándola completa y perfectamente.

—Abre los ojos —le dijo él después de romper el beso.

Kate los abrió inmediatamente y se quedó atónita al verse capturada por la oscuridad de aquella mirada de medianoche.

—Eso está mejor.

Nikos ejerció su autoridad. Con las miradas entrelazadas, comenzó a moverse. Los primeros envites fueron lentos, suaves. Como Kate mantenía la espalda contra la pared, él tenía el control que deseaba, por lo que movió las caderas hasta encontrar el ángulo perfecto, agarrándole los hombros con cada poderoso movimiento. Sin embargo, necesitaba más.

Pronunció algo en su lengua y la levantó un poco más. Entonces, colocó las manos contra la pared, a ambos lados de la cabeza de Kate, y empezó de nuevo a empujar. Más duramente, más profundamente. Cada envite acercaba a Kate un poco más a la cima que tanto deseaba alcanzar. No obstante, luchó contra ello todo lo que pudo, tratando de prolongar el éxtasis. No quería que aquel placer tan exquisito terminara nunca. Sin embargo, cuando los movimientos de Nikos se hicieron más frenéticos y su respiración más acelerada y caliente contra su rostro, Kate se dio permiso para dejarse llevar.

Su húmeda entrepierna se tensó y su cuerpo empezó a moverse también, creando una tensión hasta que Kate tembló violentamente con el clímax, rindiéndose a la gozosa maravilla del orgasmo y a Nikos.

Cuando cayó por fin, arrastró a Nikos con ella. Un profundo gemido se le escapó a él de los labios y resonó por la suite. Los temblores de su cuerpo se hicieron eco en el cuerpo de Kate, llenándola de gozo.

Capítulo 8

QUÉ HORA es? –murmuró Kate contra el torso desnudo de Nikos.

–Umm… No estoy seguro.

Con las contraventanas cerradas, el dormitorio estaba tan oscuro que no había manera de saberlo. Nikos sí sabía que llevaban horas en su cama y aún sentía el deseo en las venas. No se saciaría nunca de Kate. El sexo con ella era maravilloso, igual de perfecto que lo había sido la primera vez. Ella sabía cómo excitarlo de una manera que no había conseguido ninguna otra mujer. Por algún motivo, encajaban juntos y anticipaban perfectamente las necesidades del otro. Era perfecto.

Y, a juzgar por los gemidos de placer de Kate y las largas e interminables sacudidas de sus deslumbrantes orgasmos, ella sentía lo mismo. Por supuesto, Nikos se había asegurado de ello.

Pensar que él podría ser comparado con otro amante pasado, presente o futuro lo llenaba de una furia ciega a la que ni siquiera era capaz de ponerle nombre. Si fuera por él, ningún otro hombre le tocaría ni siquiera un cabello y mucho menos se la llevaría a la cama.

¿Qué significaba eso?

Nikos no lo sabía ni quería analizarlo. En aquellos momentos, eran marido y mujer y estaban juntos en la cama. Pensaba aprovecharlo al máximo.

–¿Tienes hambre? –le preguntó mientras levantaba el brazo que tenía atrapado bajo el cuerpo de Kate para acariciarle el cabello. Le encantaba su tacto al ser tan corto. Era sedoso y hueco bajo sus caricias. Le encantaba revolvérselo con los dedos y el modo en el que le hacía cosquillas en la piel cuando ella bajaba la cabeza para besar su cuerpo, para saborearlo y para acogerlo en la boca.

Quería hacerlo otra vez. Y luego otra más. Sin embargo, su estómago le decía que tenía otras necesidades.

—Me muero de hambre.

—Bien.

Nikos se levantó de la cama, se puso el boxer y cruzó la habitación para ir a abrir las contraventanas. Al otro lado del majestuoso Gran Canal, los edificios estaban iluminados por una suave luz dorada y los cafés llenos de gente.

—¿Salimos o pedimos el servicio de habitaciones? —le preguntó.

—Servicio de habitaciones, por favor.

—¿Te apetece algo en particular?

—Tú eliges.

Nikos se dirigió al salón adjunto y llamó por teléfono para hacer el pedido. Entonces, buscó su teléfono móvil. Lo encontró en el bolsillo de los vaqueros que se había quitado. Encendió la pantalla y regresó al dormitorio. Allí, vio que Kate ya se había ido al cuarto de baño.

Se metió de nuevo en la cama y comenzó a leer sus mensajes. Eran las nueve y media de la noche allí en Italia, pero las diferentes zonas horarias significaban que siempre había algo ocurriendo en alguna parte del mundo que necesitaba su atención. Sin embargo, sí hubo un mensaje que optó por abrir inmediatamente.

—¿Algo interesante?

El colchón cedió cuando Kate se metió en la cama

junto a él y le deslizó una mano sobre el muslo. Llevaba puesto un albornoz del hotel y olía a jabón.

—Es de Sofia.

—Ah, muy bien…

—Dice que va a ir de viaje a Londres con el colegio y que le gustaría que nos reuniéramos allí.

—¿Y vas a ir?

—Sí. Iremos. Tú y yo.

—Nikos, ¿no te parece que todo esto es un poco injusto para Sofia? Engañarla de este modo… fingir que somos una pareja felizmente casada… La pobre niña ya ha pasado mucho, ¿no te parece? No creo que sea justo que nosotros la defraudemos también.

—No tengo intención de defraudarla. Más bien al contrario. Hago esto para protegerla.

—Pero…

—Sofia sabe lo que hay, Kate. Sabe que nuestro matrimonio es simplemente un medio para alcanzar un fin y que, en cuanto los tribunales me hayan concedido la custodia, se disolverá.

—Oh.

Nikos observó cómo Kate se mordía el labio inferior. Si no supiera que era imposible, habría pensado que parecía molesta.

—¿Y qué le parece eso a Sofia?

—Le parece bien.

—¿Y qué piensa ella sobre mí?

—No lo sé. No se lo he preguntado.

—Pero ¿qué razón le diste para explicar que yo haya accedido a todo esto?

—Le dije que lo hacías por dinero.

—¡Nikos!

—Bueno, es la verdad.

—Sí, claro, pero…

—Entonces, ¿cuál es el problema? Sofia es inteligente

y es muy independiente para su edad. Ha tenido que serlo. Creo que te caerá bien. Ah, genial. La comida.

Alguien había llamado a la puerta. Nikos se levantó de la cama. Kate observó cómo, mientras se alejaba, las sombras le jugaban con los músculos de la espalda, la estrecha cintura y las firmes y fuertes piernas. Era perfecto.

Regresó inmediatamente empujando un carrito cargado de platos cubiertos por unas tapaderas en forma de semicírculo.

—¿Dónde le gustaría cenar a *madame*?

Con un gesto muy exagerado, se colocó una servilleta sobre el brazo y levantó la bandeja.

Kate sonrió y apartó el sentimiento de intranquilidad que había empezado a apoderarse de ella. No debía estropear aquella velada con sus dudas. Debería sentirse aliviada de que Sofia supiera la verdad, aunque ello significara que la muchacha seguramente pensaría que era una cazafortunas. Tal vez lo era…

—Aquí en la cama, por favor —dijo. Extendió las manos para aceptar la bandeja, que pesaba más de lo que Nikos había hecho parecer.

—¿Estás bien?

—Claro —respondió ella mientras la colocaba sobre las sábanas.

Nikos se puso a abrir una botella de champán y llenó dos copas. Le entregó una a Kate y se metió en la cama junto a ella.

—Por nosotros.

Kate brindó con él.

—Sí, por nosotros —dijo antes de tomar un sorbo—. Sea lo que sea lo que signifique «nosotros».

No había querido decir eso. Ya conocía las reglas. ¿Por qué fingía que no era así? ¿Por qué iba a querer desafiar el estado de las cosas y exponerse a sufrir?

—«Nosotros» somos los dos, aquí y ahora, viviendo el momento —afirmó Nikos.

Kate asintió. Así tendría que ser. Sin embargo, en lo más profundo de su ser, su vocecita interior decía que quería más.

La comida era deliciosa y los dos cenaron con apetito. Nikos había pedido demasiadas cosas, pero las devoraron con gusto, compartiendo el carpaccio de lubina y los ravioli de salmón ahumado. Cuando por fin se sintieron satisfechos, se reclinaron contra las almohadas dejando sobre las sábanas la bandeja con los restos de la comida.

—Gracias —le dijo ella con una sonrisa, mientras le quitaba una miga del labio.

Nikos le atrapó la mano y se la besó.

—De nada, *agapi mu* —repuso mientras vertía lo que quedaba de champán en las copas—. ¿Pido otra?

—No —contestó ella riéndose—, a menos que quieras que me quede dormida.

Nikos dejó caer la botella al suelo y la abrazó inmediatamente, haciendo que la bandeja se tambaleara peligrosamente.

—Espera.

Kate se levantó y empezó a retirar todo lo que había sobre la cama para ponerlo de nuevo en el carrito. Sentía que Nikos observaba cada uno de sus movimientos y, cuando se volvió a mirarlo, vio que él estaba golpeando impacientemente la cama.

—Regresa a la cama, mujer —le dijo. Era una orden, pero juguetona y sexy.

Kate apretó los labios. No había nada que deseara más, pero la preocupación se había apoderado de ella y no podía dejarla a un lado.

Con delicadeza, se tumbó de nuevo al lado de él.

—Gracias por traerme a Venecia —afirmó mientras colocaba la sábana a su alrededor–. Ha sido maravilloso. Una experiencia que no olvidaré jamás.

–Así había esperado que fuera –replicó él con una pícara sonrisa–. Y todavía no ha terminado.

Nikos se puso de costado y deslizó una pierna entre las de Kate. Sus intenciones eran claras.

Kate se apartó ligeramente.

–Nikos, ¿no crees que deberíamos hablar?

–No –susurró él besándole el cuello y mordisqueándole el lóbulo de la oreja–. Se me ocurren cosas mucho mejores que hacer.

Kate se rio suavemente y sintió que los párpados empezaban a cerrársele, pero la realidad no tardó en volver a hacer acto de presencia. Se incorporó contra las almohadas y le miró.

–Lo digo en serio, Nikos. Esta semana ha sido un torbellino. La boda, los viajes y ahora esto…

–¿Acaso te arrepientes de haber hecho el amor conmigo?

–No –insistió ella con sinceridad. ¿Cómo se podía lamentar de haber hecho algo tan maravilloso?–. No me arrepiento, Nikos. ¿Y tú?

–No –respondió él sentándose en la cama y apoyándose sobre las almohadas junto a ella–. Yo tampoco. Ni mucho menos. Ahora, si no es para echarme la bronca por ser un malvado seductor, ¿de qué quieres hablar?

–No lo sé –dijo ella mordiéndose el labio inferior–. Tal vez podrías hablarme sobre Sofia. Si voy a conocerla, me gustaría saber algo más sobre ella.

–Sofia es divertida, descarada y muy inteligente. Es una niña estupenda.

Kate se sorprendió al ver que los ojos de Nikos brillaban con algo parecido al orgullo.

–¿Estáis unidos?

–Sí. Eso me gustaría creer.

–La muerte de Philippos debió de ser un shock terrible para ella.

–*Fysika*. Por supuesto –admitió Nikos. Apartó la mano del muslo de Kate y se revolvió el cabello.

–¿Y para ti también?

–Sí, Kate. Para mí también. Me resultó duro admitirlo. Aún lo es.

–Estoy segura de ello –susurró. Buscó la mano de Nikos, que él había colocado sobre la sábana, y puso la suya encima–. ¿Sabías que Philippos… que estaba sufriendo problemas de salud mental?

–En realidad, no. Llevaba bastante tiempo sin ir a Creta. Después de que vendiéramos la patente, nuestra relación empresarial se disolvió. Fuimos por caminos separados.

–¿Y Sofia? ¿Lo sabía ella?

–Estaba en un internado. Evidentemente, Philippos decidió que tenía que hacer algo con todo el dinero que había ganado. Yo pensaba que estaba haciendo lo correcto, Kate. Pensaba que hacer que Philippos fuera un hombre rico le haría feliz. En vez de eso, arruiné su vida.

–¿Por qué dices eso?

–Porque es cierto.

–No –afirmó ella acercándose un poco más a él y apretándole la mano con fuerza–. No puedes culparte por la muerte de Philippos.

–¿No? –replicó Nikos mientras apartaba la sábana y se levantaba de la cama–. Claro que puedo. Si no hubiera regresado a Agia Loukia aquel verano, hubiera visto en lo que Philippos estaba trabajando y le hubiese persuadido para que me dejara utilizarlo comercialmente, su genial idea se habría quedado en eso, una idea. Nunca habría tenido que tratar de enfrentarse a las presiones de tan inesperada riqueza. Seguiría vivo. Y Sofia aún tendría un hermano.

—Eso no lo sabes, Nikos —dijo ella levantándose también de la cama—. Los problemas de salud mental son mucho más complicados que todo eso.

—Parece que hablas por experiencia —comentó él mirándola fijamente.

Kate dudó un instante. Le habría gustado hablarle de su madre, pero no podía romper su promesa.

—Sé que es algo de lo que sufre mucha gente.

—Y hay toda clase de tratamientos muy eficaces. Si hubiera sacado tiempo para ver a Philippos con más frecuencia, le hubiera encontrado ayuda profesional y hubiese sido para él el amigo que se merecía, sé que podría haberlo salvado. Sin embargo, en vez de eso, estaba demasiado ocupado haciendo dinero, duplicando mi fortuna. Jamás me paré a pensar cómo estaba él.

—Castigándote no vas a conseguir traer de vuelta a Philippos —musitó ella tras colocarle una mano en el pecho.

—Eso ya lo sé. Si así fuera, créeme que aceptaría el castigo más duro que hubiera.

Kate miró su noble perfil y, muy suavemente, consiguió que él volviera a mirarla.

—Es mucho mejor canalizar toda esa energía tan negativa en algo positivo —le aconsejó con una tierna sonrisa—. Cuidando de Sofia, por ejemplo.

—Tienes razón.

Nikos dejó escapar un suspiro. Tomó la mano de Kate con la suya y, con la otra, comenzó a acariciarle delicadamente el brazo. Los sentidos de Kate despertaron de placer.

—Por eso, estoy decidido a estar junto a Sofia de un modo que jamás hice por Philippos. Sé que nunca podré sustituir a su hermano, pero voy a hacer todo lo que esté a mi alcance para ser lo más cercano posible. Haré todo lo que esté en mi mano para asegurarme de que ella tiene la mejor vida posible.

–¿Incluso casarte con una mujer a la que desprecias? –le preguntó Kate. Las palabras se le escaparon de los labios antes de que pudiera contenerlas.

–Yo nunca te he despreciado, Kate. No pienses eso –le aseguró mientras entrelazaba los dedos con los de ella–. Admito que los sentimientos que tengo hacia ti a lo largo de los años han sido muy duros. Nuestra amarga ruptura se encargó de eso, pero despreciarte… No. Nunca. ¿Cómo podría hacerlo cuando podemos compartir algo tan especial?

«Sexo». Nikos estaba hablando del sexo, nada más. Sin embargo, Kate dejó que él la estrechara entre sus brazos y se permitió soñar solo durante un momento.

Cuando Nikos volvió a conducirla a la cama mientras le preguntaba suavemente si se quedaría con él aquella noche, Kate supo que solo había una respuesta. Sabía que estaba perdida.

Capítulo 9

HOLA.

Kate levantó la mirada y se encontró con los ojos excesivamente maquillados con kohl de una guapa adolescente.

—Hola, Sofia —dijo Kate poniéndose de pie. Alargó una mano para saludarla, pero Sofia inmediatamente le dio un abrazo. Olía a un aroma exótico—. Me alegro mucho de conocerte.

—Yo a ti también —replicó Sofia. Miró a su alrededor para examinar al resto de los comensales del elegante restaurante.

—¡Y feliz cumpleaños!

—Gracias.

—¿Cómo te sientes al cumplir los dieciséis?

—Más o menos igual que a los quince —contestó Sofia. Se sentó en la silla que Nikos había sacado para ella y tomó la carta.

Kate se echó a reír. Para ser justa, la pregunta había sido un poco tonta. Observó a Sofia por encima de la carta y en lo primero en lo que se fijó fue en su cabello, afeitado por encima de una oreja y teñido en todas las tonalidades de rosa, verde y azul. Llevaba unos vaqueros muy ceñidos con desgarrones por todas partes y una camiseta negra. Kate sintió una inmediata simpatía hacia ella.

—¿Qué vais a tomar vosotras? —les preguntó Nikos—. Creo que el chateaubriand es muy bueno.

Kate lo miró, esforzándose todo lo que pudo por controlar la tonta sonrisa que se le dibujaba en el rostro cada vez que lo miraba. Los últimos días habían sido maravillosos y se sentía como si estuviera flotando en una nube. Sin embargo, tal y como no dejaba de recordarse, las nubes podían desaparecer rápidamente...

Siguiendo su viaje, habían pasado tres días en Barcelona visitando todos los lugares turísticos y empapándose de la cultura de la ciudad. Aunque los paparazis habían ido tras ellos, fotografiándoles en la Sagrada Familia o paseando del brazo por Las Ramblas, en aquella ocasión había sido diferente. En aquella ocasión, cuando les pedían que posaran para la cámara, Kate no se había sentido un fraude. En aquella ocasión, su sonrisa había sido auténtica y su felicidad real.

El viaje a Londres, el último lugar que iban a visitar en su luna de miel, había sido programado para que pudieran quedar con Sofia el día de su cumpleaños. Kate se había sentido muy nerviosa por conocerla, sobre todo desde que sabía que Sofia conocía que ella se había casado con Nikos por dinero.

No obstante, no parecía que Sofia tuviera preocupación alguna por Kate y los motivos por los que había decidido casarse. Lo único que hacía era arrugar la nariz al ver la carta.

—¿Crees que podría tomar una hamburguesa? Eso es lo que me apetece de verdad.

—En ese caso, eso es lo que tendrás —dijo Nikos—. Es tu cumpleaños. Kate, ¿te has decidido tú?

—Sí, yo tomaré también una hamburguesa, por favor —respondió ella sonriendo.

—En ese caso, serán tres hamburguesas —anunció Nikos mientras le hacía una señal al camarero.

—Y no te olvides de las patatas fritas —le recordó

Sofia–. Muchas. Estoy muerta de hambre. Y tomaré un ron con coca cola.

–*Den tha!* ¡De eso nada!

–Vale. Supongo que me tendré que conformar con una copa de champán –replicó Sofia con una descarada sonrisa–. Para que podamos brindar por mi cumpleaños.

Cuando informó al camarero de lo que iban a tomar, Nikos se reclinó sobre su silla y empezó a estudiar a Sofia.

–¿Qué es eso, jovencita? –le preguntó mientras señalaba el piercing que Sofía llevaba en la delicada nariz.

–Ah, eso… –comentó Sofia mientras se tocaba la nariz–. El regalo de cumpleaños que me he hecho a mí misma. Llevaba mucho tiempo queriéndome hacer uno, pero si tienes menos de dieciséis años tienes que llevar una autorización escrita de uno de los padres o del tutor. Como yo estoy en manos de los tribunales ahora mismo, he tenido que esperar. ¿Qué te parece?

–Creo que si ya hubiera sido tu tutor no te hubiera dado permiso para mutilar tu cuerpo.

–Venga ya, Nikos –protestó Sofia–, ¿desde cuándo eres un viejo gruñón?

Kate tuvo que reprimir una sonrisa.

–Me apuesto algo a que tú tienes algún piercing, ¿verdad, Kate? –le preguntó Sofia mientras tomaba una barrita de pan y cortaba un trozo.

–No… Bueno, solo los de los pendientes.

–Pues es una pena. Te sentaría bien algo dramático con tu corte de pelo. Uno en el labio, tal vez. O, al menos, en la oreja –sugirió mientras se inclinaba hacia Kate para tocarle la parte superior del cartílago de la oreja.

–Lo tendré en cuenta –dijo Kate con una sonrisa–. Tal vez lo haga. ¿Qué te parece, Nikos?

–Creo que tus orejas están bien como están –afirmó él con solemnidad.

–Tu corte de pelo es muy chulo –comentó Sofia.

–Gracias. A mí también me gusta el tuyo –afirmó Kate.

–¡Ah, mira! Aquí viene el champán…

La comida se desarrolló en un ambiente de alegría. Sofia los mantenía entretenidos y consiguió que la mesa fuera la más animada del encorsetado restaurante. Kate no habría elegido aquel lugar, sino uno más moderno. Sin embargo, tenía que admitir que las hamburguesas estaban deliciosas.

–Bueno, ¿dónde habéis estado hasta ahora? –les preguntó Sofia mientras comía patatas fritas.

–Empezamos en París, luego Roma, Venecia y Barcelona. Londres es nuestra última parada –dijo Nikos.

–Genial. ¿Y qué lugar os ha gustado más?

–Yo diría que Venecia… o tal vez Barcelona –comentó Nikos–. ¿Y tú, Kate?

Ella no pudo evitar sonrojarse.

–Sí, nos lo pasamos muy bien en esas dos ciudades.

–Ni que lo digas…

Sofia se percató del tono de voz de Nikos y los miró a ambos alternativamente mientras se lamía los dedos.

–¿Y no vais a ir a Grecia? Estoy segura de que querrás enseñarle Atenas a Kate, Nikos.

–Kate ya ha estado en Atenas y ha visto la Acrópolis.

Eso era cierto. Había sido el primer lugar al que ella había ido cuando viajó en solitario a Europa.

–No me refería a la Acrópolis, sino a la verdadera Atenas, a los lugares más divertidos. Kate, algún día iremos tú y yo allí. Tengo muchos amigos. Nos lo pasaremos bomba.

–Gracias –comentó Kate mientras le tocaba suavemente la mano y miraba los gruesos anillos de plata que Sofia llevaba puestos–. Eso estaría genial.

No era muy probable. Por mucho que le gustara Sofia, sabía que jamás formaría parte de su vida. En cuanto Nikos se convirtiera en su tutor legal, Kate y él se divorciarían y ella jamás volvería a ver a Sofia.

–¿Cómo van los temas legales? –preguntó Sofia. Levantó la botella de champán del cubo de hielo y, al verla vacía, se la mostró a Nikos–. ¿Pedimos otra?

–Creo que con una es suficiente –respondió Nikos con el ceño fruncido–. Y, respondiendo a tu pregunta, van muy lentamente. Hay algunas cosas de las que quiero hablar contigo.

–Os ruego que habléis en griego si lo deseáis –les dijo Kate–. No sintáis que tenéis que hablar en mi idioma por mí.

–Por supuesto que hablaremos en tu idioma –afirmó Sofia–. Sería una grosería no hacerlo y, además, quiero que Nikos se dé cuenta de que todo el dinero que se ha invertido en mi educación no ha sido un desperdicio.

Mientras los dos empezaban a hablar, Kate se excusó para ir al cuarto de baño. Sentía que estaba escuchando algo que no era asunto suyo. También, ponía de manifiesto su parte en aquella farsa y el hecho de que solo se había casado con Nikos por dinero. Eso le hacía sentirse muy incómoda.

Se tomó su tiempo en regresar y, cuando lo hizo, Nikos ya estaba pidiendo la cuenta.

–Ah, Kate. Iba a darle su regalo a Sofia.

–¡Ay, gracias! –exclamó Sofia muy contenta, con una expectación casi infantil. De repente, Kate se dio cuenta de lo joven que era.

–Toma –le dijo Nikos mientras le entregaba un estuche de terciopelo azul–. Espero que te guste. Kate me ayudó a elegirlo.

Kate se mordió el labio inferior con nerviosismo. Cuando Nikos y ella fueron a una exclusiva joyería antes de almorzar, la pulsera de abalorios de oro le había parecido un regalo más que adecuado. Sin embargo, tras conocer a Sofia, se había dado cuenta de que no lo era.

Sofia abrió el estuche y lanzó un grito.

–¡Me encanta! –exclamó poniéndose de pie para darle un abrazo a Nikos y luego a Kate–. Muchas gracias.

Kate le dio un abrazo. Menuda actuación. Sofia era una niña encantadora.

Esperó hasta que Nikos se hubo marchado para buscar un taxi para hablar con Sofia.

–La puedes cambiar por otra cosa. Como varios cientos de pendientes para la nariz.

Sofia se echó a reír y entrelazó el brazo con el de Kate.

–Jamás lo haría. Es cierto que no es la clase de regalo que yo me pondría normalmente, pero me lo ha comprado Nikos y, solo por eso, lo guardaré como un tesoro.

Kate comprendió que decía la verdad. Vio lo mucho que Nikos significaba para ella y lo mucho que lo quería. Por alguna razón, eso hizo que se sintiera aún peor.

A Sofia se le ocurrió que fueran a un pub. Como faltaban varias horas antes de que tuviera que reunirse con sus compañeros de clase, Nikos sugirió que fueran a visitar alguno de los lugares turísticos de Londres, pero Sofia se negó cortésmente diciendo que lo que realmente le apetecía era visitar un pub inglés tradicional.

Parecía una petición bastante inocente y, después de enfatizar que solo se le permitiría tomar refrescos,

Nikos las llevó a un pub. El rostro de Sofia se iluminó de excitación.

Tras insistir en que se sentaran en la barra, para ver todo lo que pasaba a su alrededor, Sofia se puso muy contenta al enterarse de que podía tomar legalmente un vaso de *shandy*. Tras llevárselo a los labios, la muchacha declaró que estaba delicioso, pero, una hora más tarde, aún tenía el mismo vaso medio lleno. Nikos empezó a ponerse nervioso.

—Deberíamos ir pensando en marcharnos.

—Ay, todavía no —comentó Sofia tras mirar la hora en la pantalla de su móvil—. No tengo que volver al hotel al menos hasta dentro de una hora.

—Me temo que tengo que ocuparme de algunos asuntos antes de que la bolsa cierre en Nueva York —insistió Nikos mientras empezaba a ponerse de pie.

—Bueno, pues Kate se quedará conmigo, ¿a que sí, Kate? Ella se asegurará de que regreso al hotel sana y salva.

—Sí, por supuesto.

Kate accedió de buena gana. Había estado esperando en secreto poder quedarse a solas con Sofia para poder explicarle por qué había accedido a aquel falso matrimonio y asegurarle que tenía intención de devolver el dinero cuando Kandy Kate volviera a ser un negocio boyante.

Nikos dudó durante un instante, pero, al final, terminó marchándose.

Todo empezó bien. Tras abordar el tema del matrimonio con Nikos, Kate descubrió que la muchacha, lejos de criticarla, en realidad le estaba agradecida por haberse casado con él y así haber aumentado las posibilidades de Nikos de convertirse en su tutor legal.

Después, hablaron de Philippos. Tras alabar a su hermano y calificarlo como el mejor del mundo, los

ojos de Sofia se llenaron de lágrimas al hablar de su
trágica muerte. Kate sintió que se le rompía el corazón
y la abrazó con fuerza, deseando ser capaz de hacer
algo más.

Tras sonarse la nariz, Sofia levantó la barbilla y sonrió débilmente.

–Pero bueno, hoy es mi cumpleaños. Me niego a
estar triste.

El pub estaba empezando a estar muy concurrido y
la clientela era diferente, más ruidosa. Los nuevos
clientes eran empleados de la City, elegantemente vestidos con trajes y tirantes rojos. A Sofia le encantaba.
Cuando un grupo de jóvenes se enteró de que era su
cumpleaños, insistieron en invitarlas a Sofia y a ella a
tomar una copa. Sofia aceptó antes de que Kate pudiera
impedírselo y cambió el *shandy* por un cóctel sin alcohol. A Kate, le pidió un mojito.

Kate no tenía interés alguno en aquellos tipos, pero
Sofia se lo estaba pasando muy bien. Con todo lo que
había sufrido en su vida, Kate pensó que se merecía un
poco de diversión. Por ello, para no quedar como la
mala, se tomó su copa y permaneció en silencio.

Se marchó al baño cinco minutos, tras darle a Sofia
instrucciones estrictas de quedarse exactamente donde
estaba. Sin embargo, Kate contempló horrorizada que,
cuando regresó del aseo, Sofia ya no estaba.

Presa del pánico, Kate salió a la calle y miró en todas direcciones, tratando desesperadamente de verla.
No la vio por ninguna parte. Regresó al interior del pub
y salió al jardín trasero, sin poder dejar de imaginarse
el rostro lívido de Nikos. Si le ocurría algo a Sofia, jamás se lo perdonaría.

Entonces, la vio. Estaba acorralada contra la pared
del jardín, con uno de los jóvenes apretándose demasiado contra ella.

Sin pararse a pensar, Kate se dirigió hacia ellos hecha una furia. Agarró al hombre del brazo que había colocado contra la pared, justo encima de la cabeza de Sofia, y lo apartó.

–¿Qué demonios te crees que estás haciendo? –le espetó el hombre mirando a Kate con desaprobación.

–¿Te encuentras bien, Sofia? –le preguntó Kate mientras le rodeaba los hombros con un brazo en un gesto protector.

–Sí, por supuesto. Ya sabes que me puedo cuidar sola –dijo. Sin embargo, Kate vio que tenía las mejillas sonrojadas y los ojos muy abiertos.

–Y tú –le dijo Kate al hombre en tono de reproche–. Tú deberías saberte comportar. Mantén tus sucias manos lejos de ella.

–Tranquila, guapa –comentó el tipo–. No hay necesidad de ponerse tan nerviosa. Para serte sincero, tú eres más mi tipo.

–Piérdete.

Kate hizo ademán de marcharse, pero él le bloqueó el paso.

–Venga, no seas así…

–Apártate de mi camino.

–Oblígame.

Kate no necesitó que se lo dijera dos veces. Le colocó las palmas de las manos sobre el torso y lo empujó con fuerza, pero él le agarró las muñecas. Sofia se abalanzó sobre el tipo para ayudarla y le pegó una buena patada en la espinilla. El hombre lanzó un grito de dolor y cayó al suelo, arrastrando a Kate con él.

Terminaron revueltos sobre el suelo, con el hombre de espaldas y Kate medio tumbada encima de él. Como se había reunido un pequeño grupo a su alrededor, todos riéndose y haciendo comentarios soeces, Kate se puso rápidamente de pie y con toda la dignidad que pudo reunir, agarró a Sofia de la mano y las sacó a ambas del jardín y del pub.

Mientras las dos estaban esperando un taxi en la acera, Kate trató de controlar la respiración y se dirigió a Sofia.

—Creo que será mejor que no le mencionemos a Nikos lo que ha ocurrido.

Sofia se echó a reír.

—Cuenta con ello. Se pondría hecho una furia.

—En ese caso, será nuestro secreto.

—Eso es. Nuestro secreto –dijo Sofia mientras entrelazaba el brazo con el de Kate–. Muchas gracias –añadió antes de darle un beso en la mejilla–. ¡Este ha sido el mejor cumpleaños de mi vida!

Capítulo 10

NIKOS estaba con las manos en las caderas, observando la vista panorámica de Londres. Desde allí, en aquel despacho del piso setenta y dos de The Shard, ciertamente la perspectiva era impresionante, con todos los lugares famosos de Londres a la vista y la serpenteante corriente del Támesis a sus pies.

Volvió a consultar el reloj con impaciencia. Había llegado temprano, pero quería terminar aquella reunión rápidamente. Regresó a su asiento y tomó otro sorbo de café. De repente, deseó estar de vuelta en Creta, en su casa, disfrutando de una buena taza de café griego y sin nada sobre lo que preocuparse más que salir a pescar.

¿A quién estaba tratando de engañar? Ni siquiera recordaba cuándo había sido la última vez que había ido a pescar. Esa vida ya no existía desde hacía mucho tiempo, junto con el Nikos alegre y despreocupado de entonces.

La ruptura con Kate había sido el catalizador que había cambiado el curso de su vida. Al principio de aquel verano, no había podido ni siquiera imaginar que su vida fuera a cambiar tan irrevocablemente, primero haciendo negocios con Philippos y luego enamorándose de Kate O'Connor.

Sin embargo, no estaba totalmente seguro de que lo último hubiera ocurrido. Con la relación de sus padres como modelo, se había jurado que jamás iba a dejarse implicar en una relación y que jamás iba a confiar en una mujer. Hasta que conoció a Kate. Ella le había hecho olvidarse de todo lo que se había jurado y, sin saber cómo, se había encontrado de rodillas, colocándole un sencillo anillo de plata en el dedo y declarándole amor eterno.

Recordaba aquel día con increíble claridad. Los dos eran tan felices... Sentados en la playa, observando la puesta de sol y luego regresando a la casita de Nikos para hacer el amor toda la noche. Aquel verano, los dos eran personas muy diferentes y vivían en un mundo diferente.

Después de lo ocurrido, el trabajo había sido su salvación y su seña de identidad. Vendiendo la idea de Philippos los dos habían ganado una fortuna, pero ¿qué bien les había hecho? Nikos se había convertido en un importante hombre de negocios, cuyo único afán en la vida era hacer más y más dinero, un dinero que ni necesitaba ni quería. Un dinero que lo había convertido en un hombre que no reconocía. Y Philippos estaba muerto, algo sobre lo que Nikos se sentiría responsable mientras viviera.

Al menos, últimamente había estado dando un buen uso a su dinero. Aquella mañana, había recibido un mensaje de sus abogados en el que le decían que el asunto de la tutela estaba progresando favorablemente. Casarse con Kate O'Connor había sido una idea excelente, al menos desde el punto de vista de sus abogados. Desde el de Nikos, la situación era más complicada.

La noche anterior, los sentimientos encontrados que tenía sobre Kate lo habían mantenido despierto. El odio que había sentido hacia ella hacía tan solo dos semanas se había visto reemplazado por el respeto, la admiración y el afecto. Esos sentimientos le preocupaban porque le daban a Kate poder sobre él. Y eso era algo que Nikos debía evitar a toda costa.

Se reclinó sobre el sofá y se dijo que debía relajarse.

Había sido agradable pasar el día anterior con Sofia. Se dio cuenta de que estaba preparado por fin para aceptar responsabilidades, como la de cuidar de una adolescente. Además, Sofia y Kate habían congeniado perfectamente. Al verlas juntas, había sentido una extraña sensación de placer que no lograba entender. En realidad, en lo que se refería a Kate, nunca sabía lo que sentir.

Lo que sí sabía era que estar junto a ella hacía temblar los cimientos de su vida. Deseos que había enterrado muy profundamente y que no había querido volver a sentir, habían salido a la superficie con una oleada de anhelo y lujuria que sabía que no podría saciar nunca.

Los últimos días habían sido testigos de esa sensación. Lo que había ocurrido en Venecia hubiera debido ser una excepción. Nikos había estado seguro de que el sexo con Kate serviría para saldar cuentas y permitirle seguir con su vida. Saciar su sed.

Sin embargo, parecía imposible saciarse. De hecho, parecía que su anhelo crecía día a día, hora a hora y que la excepción se había convertido en la norma hasta que pasar todas las noches con ella le había parecido lo más natural. Algo inevitable. Imperativo.

Hasta la noche anterior.

Tras haber estado trabajando un par de horas, Nikos no tardó en empezar a mirar el reloj y preguntarse cuándo volvería Kate. Estaba deseando volver a verla.

Se había asegurado que tan solo quería saber que Sofia había vuelto sana y salva a su hotel, pero en realidad sabía que no era así. Cuando Kate entró por fin en la suite de su hotel, Nikos supo inmediatamente que algo iba mal. Al preguntarle si se habían divertido y si Sofia había regresado a su hotel sana y salva, Kate había respondido muy seca y bruscamente.

No había duda de su cambio de humor, sobre todo cuando dijo que estaba muy cansada y que se retiraba a su propio dormitorio. Lo hizo sin mirarle a los ojos. Nikos estuvo mirando la puerta cerrada, preguntándose qué era lo que había pasado y, sobre todo, por qué le importaba. ¿Cómo era posible que Kate ejerciera tal efecto sobre él?

A la mañana siguiente, mientras recordaba lo ocurrido la noche anterior, la lógica le decía que un enfriamiento en su relación era algo bueno. Si Kate estaba realizando una retirada táctica, él debería hacer lo mismo. Aquello era precisamente lo que necesitaba.

La luna de miel estaba a punto de terminar y había servido para su propósito. Nikos se había asegurado de que los habían visto por dondequiera que iban y posaban para que les hicieran fotos de pareja feliz, fotos que estaban apareciendo tanto allí en Europa como en los Estados Unidos. Buena publicidad para él y para Kandy Kate. El precio de las acciones de la empresa había subido muchísimo tras la boda.

Sin embargo, la lógica se negaba a explicar por qué el rechazo de Kate le escocía tanto. Si no supiera que era imposible, habría dicho que estaba empezando a enamorarse de Kate, algo que tenía que evitar a cualquier precio.

Volvió a ponerse de pie y se paseó frente al ventanal. Solo necesitaba poner algo de espacio entre ellos. No había razón alguna para que no pudieran ir por caminos separados durante un tiempo. Después de todo, los dos tenían negocios de los que ocuparse. En aquellos momentos, él necesitaba espacio para pensar.

Volvió a mirar el reloj. ¿Dónde estaba? Nikos se había tomado muchas molestias para concertar aquella reunión con el presidente de una importante empresa de confitería allí en el Reino Unido. Había estado deseando decírselo a Kate, dado que, aunque no fuera algo muy romántico, potencialmente podría significar un contrato muy importante para Kandy Kate.

Había resultado que no había tenido oportunidad de decirle nada antes de que ella se fuera a la cama, por lo que Nikos había terminado enviándole un mensaje de texto para decirle que se reuniera con él en las oficinas centrales de Rosebury's en The Shard a las diez en punto.

Se inclinó hacia delante y tomó uno de los periódicos que estaban sobre la mesa, uno de los tabloides. No solía leer aquel tipo de cosas, pero solo quería matar el tiempo. Después de hojearlo muy por encima, estaba a punto de volver a dejarlo sobre la mesa cuando un titular captó su atención. Lo miró horrorizado.

Kate la cachonda.

Debajo del titular, había una fotografía de Kate, tumbada encima de un hombre sobre el suelo. ¿Qué diablos era aquello? Por si aquello no era ya suficiente, entre las personas que miraban la escena, estaba Sofia, que tenía una expresión de pánico en el rostro.

Con manos temblorosas, sostuvo el periódico y leyó el artículo.

La recién casada Kate Nikoladis fue sorprendida ayer por la tarde retozando en el jardín trasero de un pub. Casada hace pocas semanas con el acaudalado empresario griego Nikos Nikoladis, Kate parecía estar pasando un buen rato con un admirador desconocido.

La heredera del negocio de confitería Kandy Kate tal vez sea la novia del país en los Estados Unidos, pero ¿le llevará este incidente a una situación comprometida con su atractivo esposo?

–Hola.

Nikos oyó que Kate entraba en el despacho y se acercaba a él.

—No llego tarde, ¿verdad?

Nikos se dio la vuelta lentamente. Sentía tal rabia que no se atrevió a hablar durante unos instantes.

—¿Qué… significa esto? —le espetó por fin, tras recuperar el control, mientras le mostraba el periódico.

Kate lo agarró y palideció inmediatamente.

—Dios… —susurró antes de dejarlo caer sobre la mesa.

—¿Y bien? —insistió él. La voz le temblaba por la ira.

—Mira, hubo un pequeño incidente ayer en el jardín después de que tú te marcharas.

—Explícate.

—Ese tipo se propasó con Sofia…

—¿Cómo dices?

—Yo intervine, nos peleamos un poco y…

—¿Que os peleasteis un poco? ¿Es así como llamas a esto? —le preguntó Nikos mientras señalaba con furia la fotografía.

—No fue nada de importancia. Me ocupé de ello.

—¿Y es así como te ocupas tú de estas cosas? ¿Tirándote encima de un desconocido y quedando en evidencia delante de todo el mundo? ¿Delante de Sofia?

Kate no pudo responder. Se limitó a mirar fijamente a Nikos. La sorpresa inicial se había transformado en algo mucho más frío, como un puño que le estuviera oprimiendo el corazón

Se cuadró de hombros. Se negaba a permitir que él viera su dolor. Volvió a mirar la fotografía. Ella no había hecho nada malo a pesar de lo que pudiera parecer.

—Para tu información, yo no me tiré encima de ese hombre —afirmó—. Estaba apartándolo de mí y nos tropezamos y caímos al suelo. Eso es todo.

—¿Y cuándo exactamente me lo ibas a contar?

—No te lo iba a contar y, considerando el modo en el que acabas de reaccionar, como un cavernícola, ¿quién me iba a quitar la razón?

—¿Y cómo esperas que reaccione cuando abro el periódico y veo esta clase de basura?

Kate respiró profundamente y trató de mantener la calma.

—Ya te he explicado lo que ocurrió. No voy a dar más explicaciones.

—Está bien, porque no quiero oír nada más. Te dejo a cargo de Sofia durante un par de horas y este es el resultado. ¿Te das cuenta de que has puesto en peligro todo lo que he estado tratando de conseguir? Cuando se enteren de esto en Grecia, si es que no se han enterado ya, podría afectar a la decisión del tribunal.

—Eso no va a ocurrir —susurró Kate mientras jugueteaba ansiosamente con el pendiente.

—Mi esposa encima de un desconocido mientras la menor de la que estoy tratando de convertirme en tutor mira la escena horrorizada. ¿Qué te parece, Kate?

—Lo explicaré. Iré al tribunal en persona y les haré ver que todo es un malentendido.

—Es demasiado tarde para eso, Kate. El daño ya está hecho.

—No… no puede ser…

—Perdón…

La puerta se abrió y la voz de una mujer, una asistente personal, interrumpió su discusión.

—El señor Lewis los recibirá ahora.

—¡Un minuto! —exclamó Nikos.

—Por supuesto —respondió la mujer muy sorprendida antes de retirarse.

—Es mejor que entremos —dijo Kate en voz muy baja.

—¿Sigues pensando en tu precioso negocio, Kate?

Nikos le espetó esas palabras con tanto desprecio que Kate dio un paso atrás.

—Tú convocaste esta reunión, Nikos, no yo. No quiero tener a Charles Lewis esperando.

—En ese caso, entra —replicó Nikos—. No dejes que yo te detenga.

—¿No... no vas a entrar conmigo?

—No, Kate. ¿De verdad crees que me puedo sentar a tu lado como tu esposo cuando estás en todos los periódicos de esa manera?

—No creo que al señor Lewis le interese mucho mi vida privada. Probablemente ni siquiera ha visto el periódico.

—Pero yo sí. Y ya está bien.

—Perfecto —repuso Kate—. Entraré sola.

—Adelante, Kate. Te veré en el hotel esta noche —dijo él mirándola con desaprobación y hostilidad—. Pensándolo bien, no me esperes levantada. Puede que llegue tarde.

Capítulo 11

ERA MÁS de medianoche cuando Nikos regresó al hotel. Había canalizado su frustración en el trabajo y había alquilado un despacho en The Shard para pasar el día y lo había pasado encargándose del correo electrónico, pidiendo informes, ocupándose de los contratos ya existentes y negociando otros nuevos como si su vida, o su cordura, dependiera de ello.

Tal vez era así. No sería la primera vez que había utilizado su trabajo como salvación. En cierto modo, lo había conseguido. Con el cerebro ocupado en la negociación de contratos o controlando las cifras del volátil mercado bursátil, había conseguido olvidarse de Kate. Sin embargo, en el momento en el que había parado para tomar un café, había vuelto a pensar en ella y a experimentar una serie de sentimientos encontrados que prefería no examinar.

Cuando entró en la suite, estaba decidido a que aquella noche fuera una zona libre de Kate, tanto mental como físicamente. Se serviría una copa, se marcharía a la cama solo y trataría de dormir.

Sin embargo, al encender la luz del salón, vio con frustración que no estaba solo. Kate se estaba desperezando en el sofá y parpadeando por la luz.

–Hola…

–¿Sigues levantada? –le preguntó sin mirarla.

–Sí, quería hablar contigo antes de que te vayas a la cama.

Nikos se sirvió una copa mientras analizaba lo que ella había dicho. Evidentemente, Kate también estaba pensando en dormir sola.

—¿Sobre qué?

Se volvió a mirarla. Llevaba puestos unos pantalones cómodos de color gris y una camiseta blanca. Iba sin maquillar y tenía el cabello algo revuelto por el lado en el que había estado tumbada sobre un cojín. A pesar de todo, estaba muy guapa.

—Bueno, en primer lugar quiero darte las gracias por esa reunión con Rosebury's. Ha sido de mucha ayuda.

—¿Y en segundo?

Nikos se acercó a ella. No quería que Kate le diera las gracias por una estúpida reunión de negocios. Quería que ella se pusiera de pie y le besara larga y apasionadamente, para ayudarle a quitarse tanto tormento de la cabeza. La quería en su cama. O fuera de su vida.

En realidad, no sabía qué demonios quería.

Sin embargo, la dureza del tono de su voz había tenido su efecto. Vio cómo ella doblaba las rodillas y se las llevaba al pecho, para luego, a modo de defensa, agarrárselas con los brazos.

—En segundo lugar, creo que necesitamos hablar sobre nosotros.

—¿Sobre nosotros? —repitió él con cruel desprecio—. No hay ningún «nosotros».

Kate pareció sentirse herida por aquel comentario, pero se recuperó rápidamente.

—Sí, sí que lo hay, Nikos —le dijo con voz suave—. Tanto si te gusta como si no, tenemos un pasado y estamos atados juntos para el futuro más próximo. Y recientemente… hemos compartido intimidad.

—¿Y sobre cuál de esas cosas te gustaría hablar?

Kate lo miró y trató de permanecer fuerte. Horas antes, cuando regresó al hotel, había pensado en salir huyendo antes de que Nikos pudiera hacerle más daño y romperle por completo el corazón, pero después había decidido no hacerlo. Huir no iba a resolver nada. Si tenía que liberarse de Nikos para siempre, tenía que enfrentarse a él. Por muy difícil que le resultara hacerlo. Y por mucho que le doliera.

—Sobre el pasado. Sobre la noche que rompimos. De eso no hemos hablado.

—¿Y qué hay que hablar? Me dejaste muy claro que no me querías allí, que nuestro compromiso había sido tan solo un sucio secreto. Que yo no me merecía tu amor.

—No —susurró ella—. Eso no es cierto. Te ruego que no pienses eso.

—Entonces, ¿cómo explicas tu comportamiento? ¿Por qué te pusiste tan contenta al descubrir que no estabas embarazada?

—Porque el momento no era el adecuado —dijo ella poniéndose de pie ante él—. Mi padre acababa de morir y mi madre necesitaba mi apoyo. Sabía que iba a tener que hacerme con el mando de Kandy Kate. Todo era un caos. Supongo que eso lo ves —añadió exasperada—. Para serte sincera, pensé que tú también te sentirías aliviado.

—En ese caso, te equivocaste.

—Entonces, te pido perdón. Te prometo que no era mi intención ofenderte en modo alguno.

—Bueno —replicó él con desprecio—. Fuera como fuera, ya no importa. Terminaste haciéndome un favor. Gracias a ti, crecí. Aprendí la importancia del dinero y de cómo la riqueza te da poder y respeto.

—Pero el dinero no fue nunca lo que me empujó a mí, Nikos.

—¿No? En ese caso, ¿qué es lo que estás haciendo aquí? —le espetó él—. Ahora me vas a decir que te casaste conmigo por amor.

Kate se sonrojó.

—No —admitió—. Estoy aquí para salvar Kandy Kate, como bien sabes. Sin embargo, no es por el dinero. Lo hago por mi padre, porque Kandy Kate es lo único que me queda de él.

—Sí… no haces más que decir lo mismo —replicó él cruzándose de brazos.

—Porque es cierto —susurró Kate con voz temblorosa—. Lejos de despreciar tu falta de riqueza, sentía envidia de la vida que tenías cuando nos conocimos. La libertad que tenías… la oportunidad de construir tu propio futuro desde cero.

—Pero esa envidia se pasó muy pronto, ¿verdad, Kate? Cuando llegué a Nueva York, esa «libertad» se parecía peligrosamente a la pobreza. En cuanto a construir mi propio futuro desde cero, ¿por qué ibas a elegir tú eso, cuando ya estabas en lo más alto? Estoy seguro de que la miseria casi no se veía desde lo más alto de KK Tower.

—¡Tú nunca estuviste en la miseria, Nikos!

—Pues tu madre y tú me tratasteis como si lo estuviera.

—No exageres. Admito que podría haber manejado mejor la situación, advertirle a mi madre de antemano quién eras…

—¿Advertirle a tu madre de antemano? —repitió Nikos asqueado y con los ojos brillándole de ira—. Eso lo dice todo, ¿no te parece? El hecho de que tuvieras que advertirle de antemano a tu madre sobre mí. ¿Te das cuenta de lo insultante que es eso?

—No quería que sonara así.

Kate bajó la mirada. Estaba empeorándolo todo. Entonces, se disculpó en silencio con su madre y respiró profundamente.

—Hay cosas sobre mi madre que no sabes, Nikos. Es

vulnerable. Muy vulnerable. Esa es la razón por la que tuve que esforzarme tanto en mantener la paz.

—Ahórratelo, Kate. Esto no tiene nada que ver con tu madre, es sobre tú y yo. Cuando llegué a Nueva York, pensé que éramos iguales, amantes, destinados a compartir nuestras vidas. Muy pronto me di cuenta de lo equivocado que estaba.

—No, no estabas equivocado. Yo pensaba lo mismo.

Kate extendió una mano hacia él y le suplicó con la mirada, pero Nikos le agarró la mano y la obligó a bajarla.

—Pues menuda manera tenías de demostrarlo —replicó—. Sin embargo, lo hecho, hecho está. Tal vez tenías razón. Tal vez no tenía nada que ofrecerte. Admito que provengo de una familia humilde y que mi infancia fue caótica. Cuando una madre te abandona y tu padre no lo puede soportar, es muy duro. No había dinero, ni estabilidad y algunas veces tampoco comida, pero a pesar de eso sobreviví y triunfé. He tenido éxito donde otros han fracasado. Me he hecho más rico de lo que la mayoría de la gente no puede ni siquiera soñar. Ahora puedo llevar la cabeza bien alta. Gracias a ti, Kate, nadie volverá a despreciarme. Tal vez deberías hacerme una reverencia.

—Y tal vez deberías mirarte bien para ver en lo que te has convertido.

—¡Ja! —exclamó él acercándose un poco más a Kate, para poder mirarla hacia abajo desde su imponente altura—. Tiene gracia que seas tú quien me dice eso. ¿Te has olvidado de dónde te encontré, *agapi mu*? ¿Vestida como una fulana y sentada encima de un sudoroso banquero?

—¿Se te ha olvidado a ti que, a veces, hay que hacer cosas que preferirías no hacer para pagar las facturas?

—No, no se me ha olvidado. ¿Cómo podría olvidárseme cuando me acabas de confirmar que la única razón por la que estás aquí es para salvar tu precioso negocio? Sigues haciendo cosas que preferirías no hacer, ¿verdad, Kate? Puedes disfrazarlo como quieras, presentarlo como un homenaje a tu padre si eso te hace sentir mejor, pero sigues utilizando mi dinero para tu propio beneficio. Sigues pagando las facturas.

Kate parpadeó al escuchar aquellas amargas palabras. Nikos no tenía ningún derecho a hablarle así cuando los dos estaban haciendo lo mismo, los dos estaban utilizándose mutuamente para sacar provecho. Sin embargo, ¿de qué servía discutir?

–¿Hemos terminado ya de hablar? –le preguntó él en tono triunfante.

–Sí, Nikos. Hemos terminado de hablar –dijo ella bajando la mirada.

–*Kalos*. Bien. Si te sirve de consuelo, trataré de que este mal trago dure lo menos posible. Estate tranquila de que haré todo lo que esté en mi mano para conseguir la tutela de Sofia en el menor tiempo posible.

–Gracias. Sé que lo harás –susurró ella después de tragar saliva.

–Y, para tu información, nuestra luna de miel ha terminado oficialmente. Al menos por el momento, eres libre de regresar a Nueva York y seguir con tu vida sin que yo interfiera. Cuando tenga noticias de los tribunales, me pondré en contacto contigo.

–Gracias –repitió ella con un hilo de voz.

Nunca antes una expresión de gratitud había sonado tan vacía ni tan dolorosa.

Capítulo 12

KATE miró las cifras de ventas con asombro. Habían subido muchísimo, alcanzando niveles que estaban más allá de lo que ella habría podido soñar hacía unas cuantas semanas. Tras haber pagado a los acreedores y con los pedidos en niveles máximos, Kandy Kate estaba una vez más en lo más alto.

La reunión que Kate había tenido con Charles Lewis, el presidente de Rosebury's, había sido un éxito. Kate no sabía aún cómo había podido conseguir un contrato después de la discusión con Nikos, pero parecía que los dulces de los Estados Unidos estaban de moda en Europa, y en Gran Bretaña en particular, en aquellos momentos. Rosebury's quería comercializar la marca de Kandy Kate. A Charles Lewis le gustaba el toque retro de la marca. Y también le gustaba Kate. Por eso, se había mostrado propicio a cerrar un trato allí mismo.

Kandy Kate volvía a estar en el mercado, pero Kate no podía gozar por completo de su éxito. Sentía un anhelo, un vacío por lo que ya no podría ser. «Por Nikos». Volver a verlo, estar con él, había confirmado sus peores temores. Él le había robado una parte de su corazón que jamás podría verse reemplazada. Sin él, no volvería a estar entera.

El teléfono que Kate tenía sobre la mesa sonó.

—Kate O'Connor.

—Hola, cariño, soy mamá.

—Hola, mamá. ¿Cómo estás?

—Muy bien, cariño. Acabo de tener otra sesión de terapia cognitiva y, ¿sabes una cosa? Creo que estoy empezando a notar los beneficios.

—Eso es genial, mamá. Me alegro mucho.

—Estamos trabajando en dejar el pasado atrás para centrarnos en mis problemas actuales.

—Qué bien… —dijo Kate. Parecía que ella también debería apuntarse a esas sesiones.

—Tom, mi terapeuta personal, es un cielo.

—Entonces, ¿te encuentras cómoda en la clínica? ¿Eres feliz allí?

Fiona había empezado hacía pocos días un programa de doce semanas en una clínica muy famosa de California.

—Cielo, esto es maravilloso. Es como si fuera el hotel más exclusivo. Las instalaciones son de primera clase y la comida es deliciosa.

—Me alegro mucho, mamá —comentó Kate sintiendo que parte del peso de la responsabilidad se le levantaba de los hombros. Su madre parecía mucho más feliz.

—Solo Dios sabe lo que te debe de estar costando.

—Ya te lo he dicho, mamá. No tienes que preocuparte de eso.

—Lo sé, cielo. Estoy tan contenta de que estés consiguiendo que Kandy Kate vuelva a ser un éxito… Tu padre habría estado muy orgulloso de ti. ¿Y cómo está Nikos? —añadió su madre. De repente, el tono de su voz se había vuelto conspiratorio.

—Está bien. Por lo que sé.

—Me alegro tanto de que todo haya salido bien entre vosotros… Ojalá hubiera podido asistir a la boda.

—Sí, mamá. Ya me lo has dicho.

Fiona había cambiado por completo de opinión sobre la idoneidad de Nikos para casarse con su hija, lo que tenía que ver con su cambio de fortuna.

–Ya te expliqué que solo estábamos nosotros dos y un par de testigos –añadió.

–Lo sé, lo sé –Fiona suspiró con teatralidad–, pero prométeme que organizarás algo para los tres pronto, cuando yo esté en Nueva York. Quiero darle la enhorabuena a Nikos en persona… y darle la bienvenida a la familia.

Kate guardó silencio. Seguramente para entonces, las vidas de Nikos y Kate ya habrían tomado rumbos separados y, aunque no fuera así, Kate dudaba que él quisiera ver a su madre. Fiona le trató muy mal la primera vez que se vieron, algo que seguía avergonzando mucho a Kate.

–¿Dónde está Nikos ahora?

–En Atenas.

–Ay, cariño… Esa no es manera de empezar un matrimonio –comentó Fiona muy preocupada–. Los dos deberíais estar juntos, disfrutando al máximo del tiempo.

–Se llama «trabajo», mamá. Es algo que todos tenemos que hacer para pagar las facturas.

–Sí, por supuesto, cariño. Lo sé. A veces puedo resultar terriblemente egoísta. Espero no estar siendo una carga demasiado pesada para ti.

–No eres ninguna carga, mamá –dijo Kate–. Eres mi madre y te quiero. Lo que importa es que te pongas bien.

–Gracias, cielo. ¡Vaya! ¡Mira la hora que es! Voy a llegar tarde a mi masaje. Hablamos pronto, cielo. ¡Adiós!

–Adiós, mamá.

Kate se centró de nuevo en su trabajo. El negocio iba bien. Su madre estaba mejorando. Dos cosas positivas, directamente relacionadas con su matrimonio con Nikos. Aunque no se lo pareciera, había hecho lo correcto.

Hacía ya más de un mes desde la última vez que vio a Nikos. Un mes de silencio. Sin embargo, Kate no podía dejar de pensar en él. Aún se despertaba por las mañanas con su nombre en los labios. El corazón le latía con fuerza por los salvajes sueños de pasión, pánico y pérdida. Sin embargo, seguía sintiéndose como si tuviera un punzón de hielo clavado en el corazón.

Nikos dobló los dedos de los pies hacia la roca y, después de respirar profundamente, realizó una zambullida perfecta. El agua era como seda contra la tensión de sus músculos. Comenzó a nadar con fuerza hacia alta mar, donde el horizonte se estaba empezando a convertir en oro líquido.

Nadó cada vez más lejos de la costa, concentrándose en el poder de sus brazadas. Se sentía bien en el mar y le parecía que, cuanto más se alejaba de la playa, más dejaba su vida atrás.

Sin embargo, el alivio era solo temporal. Cuando los músculos empezaron a quejarse y comenzó a arderle el pecho, aminoró la marcha y miró hacia atrás. Se sorprendió al ver lo lejos que estaba de la orilla. De mala gana, comenzó a volver. Desgraciadamente, no podía escapar de su vida.

Lo había intentado a lo largo de las últimas semanas, pero no le había funcionado. Nada podía borrar la imagen de Kate de su pensamiento.

Después de marcharse de Londres, había regresado a Atenas, donde tenía las oficinas centrales de su empresa. Volvió a buscar refugio y normalidad en el trabajo, pero no lo halló. Por mucho que lo intentaba, todo regresaba a Kate.

Su reacción ante la fotografía del periódico había sido extrema. Verla así le había privado de todo pensamiento racional. Atrapado en su furia inicial, había dado por sentado que Kate era culpable de algún modo.

Debía de habérsele insinuado a aquel tipo o haberle permitido alguna confianza y las cosas se habían desmadrado.

No obstante, a medida que fueron pasando los días, la razón se había ido abriendo paso. Era poco probable que ella se le hubiera insinuado a un hombre en un pub, y mucho menos con Sofia delante. Tal vez no debería haber reaccionado tan violentamente. Tal vez debería haberla escuchado.

Sin embargo, el hecho había ocurrido. Había salido en toda la prensa. Si los tribunales griegos se hacían eco de la noticia y creían los rumores, podría suponer una seria amenaza para conseguir la tutela de Sofia.

Además, le estaba resultando imposible aplacar el fuego que tenía en el vientre. Echaba de menos a Kate. Con aquel torbellino de pensamientos, su estado de ánimo había repercutido en el modo en el que trabajaba y en cómo trataba a sus empleados. Por suerte, Madeline, su asistente personal, lo había llamado al orden.

La encantadora Madeline… Llevaba trabajando para él desde que empezó en los negocios. Ella le había entregado un regalo de boda el primer día de su regreso a la oficina, un regalo que aún no había tenido ánimo para abrir, acompañado de una enorme tarjeta firmada por todo el personal de Atenas.

Un día, se armó de valor y se acercó a él para sugerirle que tal vez necesitaba tomarse un descanso del trabajo. Tal vez, Nikos debería volver a Creta durante unos días. Nikos habría arrancado la cabeza a quien se hubiera atrevido a hacerle una sugerencia así, pero al mirar a los ojos a Madeline, no le quedó más remedio que acceder. Tal vez Madeline tenía razón. Se lo había organizado todo en un abrir y cerrar de ojos.

Nikos regresó a la costa y se secó con una toalla antes de ponerse los pantalones cortos. Apartarse de

Kate había sido la mejor decisión que hubiera podido tomar. No servía de nada seguir atormentándose el uno al otro ni tampoco volver al pasado. Por lo que a él se refería, aquella noche estaba muerta y enterrada, junto con el hombre que él había sido en ese momento. El resentimiento que sentía por Kate y su madre seguía presente, pero no servía de nada seguir pensando en lo ocurrido.

Sin embargo, Kate había insistido en destaparlo todo, en hacerle decir cosas que no había querido decir. Nikos comprendió que, cuanto más tiempo pasara en compañía de Kate, más peligro corría de verse arrastrado. Se había sentido flaquear y, con ello, correr el peligro de obsesionarse completamente con Kate. Una vez más.

Por eso, había tenido que ser fuerte. Había reafirmado su autoridad. Resultaba esencial que Kate supiera quién mandaba, quién tenía todo el poder. Porque ese era él.

Cuando la dejó entrar de nuevo en su vida, sabía exactamente lo que estaba haciendo. Igual que cuando la llevó a su cama. Él tenía el control. Por eso, tenía que impedir que su cerebro deseara más. No quería cometer el terrible error de pensar que necesitaba a Kate en su vida y no solo en su cama. No quería pensar que quería hacerla suya permanentemente.

Se echó la toalla sobre los hombros y estaba a punto de volver a su casa cuando la fiera y rojiza puesta de sol lo detuvo en seco. Se detuvo a admirar el espectáculo. Creta estaba llena de hermosas playas, pero, de algún modo, se había visto inexorablemente atraído por aquella. La playa en la que le había pedido a Kate que se casara con él… Era como si se estuviera torturando deliberadamente. Parecía imposible poder escapar al recuerdo de Kate.

Capítulo 13

EL AEROPLANO giró profundamente antes de empezar el descenso, lo que proporcionó a Kate una hermosa imagen de la isla de Creta, bañada por el sol de media tarde. Las aguas turquesas delineaban las calas de arena blanca, la espesa vegetación y las desgajadas montañas que había en el interior. Simplemente maravillosa.

Recordó la primera vez que vio la isla, al principio de su aventura europea. Se había enamorado de ella incluso antes de que el avión aterrizara. En esa época, no tenía ni idea del éxtasis y de la tristeza que aquella isla le depararía. Nada hacía anticipar que las semanas posteriores cambiarían su vida para siempre.

–¿Podría ponerse el cinturón, *Kiria* Nikoladis? Vamos a aterrizar dentro de diez minutos.

Kate sonrió a la azafata y se abrochó el cinturón. Todas sus necesidades se habían visto satisfechas en aquel vuelo transoceánico. Aunque Kate había dejado muy claro que no le importaba tomar un vuelo comercial, Nikos había insistido en que ella utilizara su avión privado. Sin duda, quería que llegara a Creta lo antes posible.

Había recibido la llamada telefónica el día anterior, muy temprano por la mañana. A pesar de que aún estaba medio dormida cuando contestó, notó la impaciencia en su voz. Seguramente había estado esperando a que Nueva York se despertara para poder llamar. La

diferencia horaria era de siete horas. La sorpresa que
Kate sintió al reconocer la voz de Nikos, se vio seguida
por una fuerte ansiedad. Hacía semanas que no había
tenido noticias de él.

Nikos necesitaba que regresara a Creta. Inmediatamente. Se lo comunicó de una manera fría y decidida,
que tenía como objetivo no encontrar oposición alguna.
Kate no pensaba negarse. Honraría el acuerdo que había entre ellos. Nikos había cumplido su parte y ella
haría lo mismo, a pesar de que todo lo que hubiera entre ellos fuera tristeza y lamentos.

Cuando descendió del avión, se dirigió a la limusina
que la estaba esperando. El chófer le abrió la puerta.
Ella, tras respirar profundamente, entró en el vehículo.

Se llevó una gran desilusión. Nikos no estaba dentro. Kate recuperó rápidamente la compostura. ¿Y por
qué iba a ir a recibirla?

El trayecto a Villa Levanda, la lujosa mansión de
Nikos, no les llevó más de veinte minutos. Kate nunca
había estado allí antes. Cuando conoció a Nikos, él vi-
vía en una pequeña casa de piedra que pertenecía a su
primo. A Kate le había encantado. Años después, Nikos
había cambiado aquella humilde casita por una enorme
construcción de cristal sobre un acantilado.

Habían cambiado tantas cosas… Sin embargo, a
pesar de todo lo ocurrido, ella sabía que seguía sintiendo lo mismo por Nikos que entonces. Lo amaba con
todo su corazón y eso hacía que cada latido le resultara
más doloroso que el anterior.

Cuando el chófer la dejó en la casa, Agní, el ama de
llaves, le abrió la puerta y la invitó a entrar. No había
rastro de Nikos por ninguna parte. Agní la acompañó a
su dormitorio. Cuando se quedó a solas, Kate decidió
darse una ducha para relajarse después de tan largo
viaje y luego meterse en la cama. Estaba abriendo la

cama para acostarse, cuando alguien llamó a la puerta. De repente, Nikos entró en la habitación, ocupando todo el espacio. El corazón de Kate comenzó a latir con fuerza.

—Hola.

—*Yassou*.

Nikos la miró como si estuviera acariciándola con las manos, observando el delicado camisón de raso, el abultamiento de los pechos y las piernas desnudas.

—Lo siento. ¿Te he molestado?

—No. Aún no me había acostado.

—Solo quería asegurarme de que tienes todo lo que necesitas.

—Sí. Agní ha sido muy atenta.

—Tenía que atender una llamada muy importante cuando has llegado. Si no, habría ido a recibirte yo.

—Está bien, Nikos. No me tienes que explicar nada.

Kate se estaba embriagando con su aspecto. Era tan guapo… Cuando se dirigió hacia ella, sintió que se le doblaban las rodillas.

—Gracias por venir.

Llevaba puesta una camiseta negra sin mangas que enfatizaba la dura perfección de sus bíceps y unos pantalones cortos de color caqui que dejaban al descubierto unas fuertes y bronceadas piernas. Le había crecido el cabello y se le rizaba ligeramente en la nuca. Kate se dio cuenta de que se parecía más al Nikos de antaño que al que había conocido en la última etapa.

—Después del modo en el que nos separamos, no estaba seguro de que quisieras venir.

—Después del modo en el que nos separamos, no estaba segura de que quisieras que viniera. ¿Sabes ya cómo va el tema de la custodia?

—Mis abogados parecen muy confiados.

—Bueno, eso está bien.

–Sí.

Nikos se acercó un poco más hacia ella, lo que aumentó la temperatura corporal de Kate en varios grados.

–Enhorabuena por el contrato con Rosebury's. He oído que Charles Lewis está muy impresionado contigo.

–Gracias. Creo que será algo muy beneficioso para Kandy Kate.

–Estoy seguro. La audiencia en el juzgado es mañana a las diez –dijo él. Irradiaba una fuerte tensión sexual que la excitaba profundamente a pesar de que no se tocaron. Aparentemente eran todo cortesía y formalidad, pero en su interior Kate se moría de anhelo. Y, a juzgar por el modo en el que él la estaba mirando, con las pupilas dilatadas, Nikos sentía lo mismo–. Nos reuniremos con los abogados una hora antes para repasar algunas cosas.

–Claro.

–Gracias por hacer esto, Kate.

–Tenemos un trato –dijo ella, tratando de que su voz sonara firme y segura–. Yo nunca renegaría de eso.

–No, claro que no.

Nikos no se movía. El mundo parecía haber dejado de girar.

–Bueno, si estás segura de que no necesitas nada más, te diré buenas noches.

Kate asintió. Sería lo más fácil del mundo abrazarse a él, revolverle el cabello con las manos y besarlo apasionadamente. Ella temblaba solo de pensarlo. Lo deseaba tanto que se sentía ardiendo por dentro. Todo su ser estaba consumido por el deseo que sentía hacia él.

–*Kalinikta,* Kate.

–Buenas noches, Nikos.

«Te amo». Las palabras surgieron de improviso en su pensamiento, pero no iba a pronunciarlas en voz alta bajo ningún concepto. Se apretó las palmas de las manos contra los ojos cerrados y vio como pequeños flashes de luz ámbar iluminando la obscuridad.

Cuando apartó las manos, él ya no estaba.

—¡Lo hemos conseguido!

Al salir a la calle, Nikos abrazó fuertemente a Kate. La tuvo entre sus brazos unos instantes, aspirando su aroma, gozando de los suaves contornos de su cuerpo. Se había pasado tanto tiempo sin tocarla que iba a gozar todo lo que pudiera de aquel momento de triunfo.

La noche anterior, cuando la vio con aquel ligero camisón, había necesitado de toda su fuerza de voluntad para no besarla. La había deseado tan desesperadamente que había temblado físicamente.

En aquellos momentos, frente a la puerta del juzgado, supo que la deseaba más de lo que había deseado nada en toda su vida. Kate lo significaba todo para él. Y su fuerza de voluntad parecía haberse agotado.

—¡Enhorabuena! —exclamó ella apartándose un poco para mirarlo—. ¡No sabes lo mucho que me alegro!

—Muchas gracias por haberme apoyado.

—De nada.

La audiencia había sido muy breve. Con el peso del equipo legal de Nikos y una carta en la que Sofía afirmaba lo mucho que deseaba que Nikos fuera su tutor, el tío abuelo de Sofia había decidido retirar su reclamación. Además, con la posición social de Nikos y el hecho de que estuviera casado, el caso se había resuelto otorgándole la tutela inmediatamente.

—Tenemos que decírselo a Sofia —comentó Kate.

Nikos sacó el teléfono y, a los pocos segundos, Sofia estaba gritando de alegría. Nikos se echó a reír y conectó el altavoz. Sofia estaba llorando de felicidad.

–¡Ahora tenéis que ir a celebrarlo!

–Lo celebraremos cuando estés en Creta –dijo Nikos.

–Me refería a vosotros. ¡Id ahora mismo! Yo tengo exámenes, así que no volveré hasta dentro de varias semanas. Insisto. Id a emborracharos en honor de la ocasión. ¡Brindad con una botella de champán!

–No podemos celebrarlo sin ti –les interrumpió Kate.

Se produjo una pausa antes de que Sofia contestara en un tono muy cómplice.

–Sí, sí, claro que podéis…

Kate se colocó nerviosamente sobre el borde del acantilado y miró hacia abajo. Estaba muy, muy abajo. Respiró profundamente. El viento le alborotaba el cabello y hacía que la blusa de seda que llevaba puesta le golpeara contra el pecho. Era una sensación maravillosa y embriagadora. Le hacía sentirse viva.

Cuando Nikos sugirió que hicieran un pícnic para celebrar lo ocurrido en los juzgados, ella había accedido inmediatamente. Seguramente, aquella sería la última vez que lo vería dado que, al día siguiente, tenía que regresar a Londres para una reunión con Rosebury's y luego debía volver a Nueva York. Pensar que iba a dejar a Nikos atrás y que se separaría de él para siempre la llenaba de una sensación de dolor que era imposible de soportar. Por lo tanto, había decidido vivir el momento. Si aquella era la última vez que lo veía, la iba a aprovechar.

Cuando regresaban de camino a la mansión, Nikos había detenido el coche de repente y le había dicho que ya habían llegado. Había organizado que les llevaran un pícnic a una cala que había al pie de aquellas colinas. Solo tenían que bajar para llegar a ella.

Ninguno de los dos iba vestido para un pícnic en

aquellas circunstancias. Nikos llevaba un traje y Kate la blusa de seda con una falda azul marino muy elegante. Sin embargo, Nikos acababa de prometerle que la llevaría a salvo hasta la cala y ella le creyó. Su fe en él era absoluta.

De repente, se dio cuenta de que era el único hombre al que le confiaría su vida. Pero el amor… Esa era una cuestión muy diferente.

Su destino era una cala de fina arena blanca, rodeada por los acantilados, lo que hacía que fuera completamente privada. Milagrosamente, el pícnic ya estaba esperándolos. Habían colocado una sombrilla blanca para darles sombra y esterillas de algodón. Una serie de neveras portátiles estaban preparadas para ellos.

Nikos se rio cuando Kate le preguntó cómo habían conseguido bajar todo aquello por el acantilado y le explicó que lo habían llevado todo en barco. Le indicó la lancha que les habían dejado anclada a pocos metros de la costa para que pudieran regresar a casa. Evidentemente, había pensado en todo, hasta en una pequeña bolsa de aseo para Kate que contenía crema solar, un sombrero y un precioso biquini blanco que le sentaba a la perfección cuando ella se lo puso, oculta entre las rocas.

Empezaron a almorzar tranquilamente, disfrutando de la deliciosa comida. Nikos se encargó de servir el champán.

–*Yamas*.

–Salud.

Kate lo aceptó con una sonrisa. Decidió que solo tomaría aquella copa. La combinación de sol, mar y champán se le podría subir a la cabeza. Y eso sin contar con la letal presencia de Nikos, que estaba tumbado junto a ella con un pequeño bañador que dejaba perfectamente al descubierto su bronceada piel y su tonificado cuerpo.

—Voy a bañarme —dijo él de repente, poniéndose de pie.

Kate lo admiró con la mirada. Parecía un dios griego, un espécimen perfecto de masculinidad en todos los aspectos, tal y como atestiguaba el minúsculo bañador negro.

—¿Te vienes conmigo?

—No. Voy a esperar un poco después de esa maravillosa comida, pero ve tú.

Nikos asintió y se dirigió al mar. Kate se dio un festín con la mirada, admirando los fuertes músculos de los hombros, la estrecha cintura y el apretado trasero. Trató de contener el deseo que se apoderó de ella, pero le resultó imposible. Amaba a Nikos con todo su corazón y siempre sería así.

Tras observar cómo nadaba poderosamente en el mar, Kate suspiró y se cubrió el rostro con el sombrero de paja. A los pocos minutos, se quedó dormida.

Nikos regresó al lugar donde Kate estaba tumbada tan tranquilamente sobre la esterilla. Al ver que no se movía, se dio cuenta de que estaba dormida bajo el sombrero y, sin hacer ruido, se sentó a su lado.

Observó su cuerpo, desde las uñas de los pies, pasando por las largas piernas, el delicado vientre y el ligero abultamiento de sus pequeños senos bajo la parte superior del biquini.

Tragó saliva. El deseo que sentía por Kate había alcanzado proporciones peligrosas. Ni siquiera un largo baño en el mar le había ayudado a enfriar su fervor, tal y como el doloroso abultamiento que tenía en el bañador dejaba muy evidente.

Se inclinó sobre ella. No era de extrañar que reaccionara físicamente ante Kate. Ella era muy bella. Sin

embargo, mucho más complejas eran el resto de las
emociones que ella despertaba en él. Afecto, ternura y
la absoluta necesidad de protegerla de todo mal, de
mantenerla a salvo.

Últimamente, se había visto obligado a examinar
muchas cosas sobre Kate que hubiera preferido ignorar.
Su empatía, por ejemplo, o el modo tan respetuoso con
el que trataba a todo el mundo, desde los empleados de
los hoteles en los que se habían alojado hasta los más
importantes hombres de negocios. Además, estaba la
amabilidad que mostraba hacia Sofia y lo mucho que se
había molestado para que el cumpleaños de la niña
fuera especial, aunque al final hubiera terminado sa-
liéndole el tiro por la culata. Y su lealtad…

La lealtad que mostraba hacia su familia era el corazón de todo lo que hacía. Al salvar Kandy Kate, estaba
resucitando el nombre de su padre y preservándolo para
la posteriodidad. Incluso entendía que se hubiera puesto
del lado de su madre cuando él se presentó en Nueva
York. Resultaba evidente que Fiona tenía más problemas de los que él se había imaginado en un principio.

Incapaz de contenerse más tiempo, bajó la cabeza y
besó ligeramente el ombligo de Kate. Ella se rebulló
ligeramente y volvió a quedarse inmóvil. Utilizando la
punta de la lengua, rodeó el ombligo y deslizó la lengua
hacia arriba. Ella olía a crema solar y sabía a sol.

Se acercó más a ella. El rostro de Kate quedaba
oculto por el sombrero, pero Nikos sabía que ya estaba
despierta. La respiración se le había acelerado y las
manos se le habían movido ligeramente.

Con dedos temblorosos, encontró los lazos de la
parte superior del biquini y se los desabrochó. Levantó
los triángulos para dejar al descubierto los senos. Unos
pezones rosados le saludaron erectos. Nikos se metió
uno en la boca, cerró los ojos y absorbió con fuera,

animado por el gemido de placer que salió de debajo del sombrero. Cuando centró su atención en el segundo pecho, ella se retorcía de placer.

Solo había una cosa que Nikos deseara más que hundirse en la sedosa humedad de Kate, y era que ella se lo ordenara. Necesitaba ver su rostro.

Levantó el sombrero y lo dejó a un lado. Kate tenía los ojos cerrados y las mejillas sonrojadas. La boca, abierta.

–Mírame, Kate –le ordenó él con urgencia.

Kate hizo lo que él le había pedido. Sus ojos de color esmeralda relucían como valiosas joyas. Nikos se miró en ellos y bebió de su belleza. Al mismo tiempo, comprendió lo que le estaban diciendo.

No necesitó más. Cuando la punta de la lengua alcanzó la aterciopelada jugosidad de los labios de Kate, se dio permiso para dejarse llevar. Se inclinó sobre ella para besarla y se perdió inmediatamente en el poder del beso.

Kate se puso de costado y colocó una pierna por encima de la cadera de él, apretando juntos los cuerpos de ambos. Nikos deslizó una mano entre ellos, por debajo de la parte inferior del biquini, y encontró el suave y cálido centro. Con un gemido de placer, Kate enredó la lengua con la de él, apasionada y salvajemente.

Sin romper el beso, Nikos se tumbó de espaldas y colocó a Kate sobre él, justo encima de su palpitante masculinidad.

Ya no había vuelta atrás.

Capítulo 14

CUANDO regresaron a Villa Levanda, era ya muy tarde. Nikos atracó el barco al pie del acantilado y saltó a tierra para asegurar las amarras. Luego ayudó a Kate a bajar.

Se dirigieron hacia la casa en silencio. Kate se sentía agotada mental y físicamente. Había sido un día maravilloso, perfecto en todos los sentidos, pero estaba a punto de terminar. Todo estaba a punto de terminar. Los fríos dedos de la realidad habían empezado a apretarle el corazón.

—¿Te encuentras bien? —le preguntó Nikos.

—Claro.

Fue una respuesta automática, que había dicho innumerables veces. Sin embargo, nunca antes había sido menos sincera. Kate distaba mucho de estar bien.

—Venga ya, pareces agotada —comentó él—. Necesitas una ducha, cenar e irte pronto a la cama. Los dos lo necesitamos.

Nikos le dedicó una pícara sonrisa que iluminó su hermoso rostro. Kate pensó que se iba a poner a llorar.

Al llegar a la casa, Kate se marchó rápidamente a su habitación. Después de ducharse, se negó a mirarse en el espejo. Se secó y se puso un caftán y un par de sandalias. Había decidido que le iba a decir a Nikos que no quería cenar. Necesitaba meterse pronto en la cama. Sola. Había llegado el momento de ponerle fin a aquella agonizante tortura.

Se dirigió al salón y lo encontró vacío, pero oyó el tintineo de los cubiertos en el porche. Salió y vio a Agní poniendo la mesa.

—*Kalispera, kiria.* Espero que haya tenido un día agradable.

—Sí, gracias. Por favor, llámeme Kate.

—Por supuesto… Kate. Estoy muy contenta por las noticias sobre Sofia.

—Es estupendo. ¿Conoce a Sofia?

—Sí. Es de la misma edad que mi hermana pequeña. Estaban en la misma clase antes… Bueno, antes de que Sofia se marchara al internado. Mi hermana la apoyó mucho durante el entierro de Philippos. Todos lo hicimos. Y ahora que va a vivir aquí, al menos durante las vacaciones, podremos verla con más frecuencia.

—Sí, claro.

Kate apartó el rostro y trató de contener las lágrimas. No podía sentir la alegría de Agní. Estaba hablando de un futuro del que ella nunca sería parte.

En aquel momento, llegó Nikos. Tras hablar rápidamente con Agní en griego, sacó una silla para Kate.

—Agní nos ha preparado una musaca deliciosa. Te garantizo que será la mejor que has probado nunca.

—Genial…

Kate trató de sonreír y tomó asiento. Ya no se podía negar a la cena porque parecería una grosería. Nikos echó mano a la botella de vino y fue a llenarle la copa a Kate, pero ella negó con la cabeza. Si aquella era su última cena con Nikos, no quería que el alcohol borrara todos los detalles. Quería recordar hasta el último segundo con él.

Nikos cambió el vino por agua con gas y se sirvió él también. Entonces, tomó la mano de Kate e hizo girar la alianza de oro que ella aún llevaba en el dedo.

—¿A qué hora es tu reunión con Rosebury's mañana? —le preguntó de repente.

–A las tres y media. Hay un vuelo a las nueve que debería llevarme allí con tiempo.

–¿No quieres llevarte mi avión? Es tuyo si lo deseas.

–No, gracias –susurró ella tras tomar un sorbo de agua–. Te estoy muy agradecida por toda tu ayuda, con Kandy Kate y todo lo demás, pero ahora tengo que empezar a llevar yo sola mis negocios.

El silencio cayó entre ellos, roto tan solo por las chicharras y la brisa del mar.

–En ese caso, supongo que ya está –dijo él. Kate se mordió el labio inferior. No lloraría–. En algún momento, tendremos que ocuparnos del divorcio, pero supongo que no hay prisa.

–No, a menos que tú quieras casarte de nuevo –comentó ella tratando de aligerar la conversación. No lo consiguió.

–O tú, por supuesto.

–Sí. O yo.

Agní apareció llevando con orgullo la bandeja de la musaca. La colocó sobre la mesa antes de desaparecer discretamente. Nikos sirvió los platos y levantó la copa.

–En ese caso, un brindis. Por el futuro.

–Sí –susurró ella chocando suavemente su copa contra la de él–. Por el futuro.

–Te deseo toda la felicidad del mundo, Kate. Ya lo sabes. Espero que encuentres lo que estás buscando.

Kate sintió que le empezaba a temblar el labio inferior. ¿De verdad no sabía Nikos lo que ella estaba buscando? ¿O acaso estaba clavándole el puñal y retorciéndoselo en la herida para recordarle que ellos habían terminado y que él nunca podría amarla?

–Tú también, Nikos –dijo, a pesar de tener un nudo en la garganta.

Nikos estuvo mirándola durante un largo instante.

Incapaz de apartar la mirada, ella se perdió en las profundidades de aquellos ojos oscuros.

—Kate…

—¿Sí?

—Nada —susurró él tras dudar un instante—. No es nada —añadió. El momento había pasado—. Vamos, come. Apenas has tocado la comida.

—Me temo que no tengo mucho apetito.

—No… yo tampoco. Al menos, de comida —dijo él apartando el plato. Entonces, se levantó y se colocó tras la silla de Kate. Le puso las manos sobre los hombros. Ella cerró los ojos—. ¿Una última noche?

Kate se volvió para mirarlo y, sin poder evitarlo, asintió. Fue un movimiento casi imperceptible, pero fue lo único que él necesitó.

Nikos la ayudó a levantarse, le tomó la mano y la condujo a su dormitorio, cerrando la puerta con firmeza a sus espaldas.

Nikos se puso de costado y extendió el brazo hacia donde Kate debería estar. Nada. Abrió los ojos.

Ella se había ido.

Saltó de la cama y abrió la puerta de la habitación, cruzó el salón y se dirigió al dormitorio de Kate, sabiendo ya que lo encontraría vacío.

Lanzó una maldición y regresó a su propio dormitorio para cubrirse con algo de ropa y ocultar su desnudez. ¿Cómo era posible que se hubiera marchado sin que él se diera cuenta? Había estado despierto gran parte de la noche, observando a Kate dormida.

Bajo la protección de la oscuridad, se había permitido una pequeña indulgencia. No iba a tratar de racionalizar sus sentimientos o intentar borrarlos. La amaba. Era un hecho completamente indiscutible. Se había preguntado una y otra vez qué iba a hacer al respecto. Al final, Kate había decidido por él. Se había levantado cuando Nikos estaba dormido y se había marchado de su vida para siempre.

Decidió que iría al aeropuerto a buscarla y, si no la encontraba, se marcharía él también a Londres. Seguramente en su avión privado llegaría incluso antes que ella. Buscó su pasaporte, se lo metió en el bolsillo trasero de los pantalones y se dirigió a la puerta.

Entonces, la vio. La alianza de boda de Kate. Estaba sobre la mesa de cristal que había junto a la puerta principal. Debía de habérsela quitado justo cuando se marchaba. ¿La habría tirado, aliviada por no tener que fingir más o se la había quitado lentamente, de mala gana, antes de colocarla sobre la mesa? Fuera como fuera, ya no importaba. Su matrimonio se había terminado. Los dos habían cumplido sus obligaciones y… era el final.

Recogió la alianza y la miró. Había estado a punto de pedirle que se quedara, de confesarle lo mucho que la necesitaba, lo mucho que la amaba. ¿Habría servido de algo si lo hubiera hecho?

Kate ya le había hecho mucho daño en el pasado. Solo un necio se expondría a más, tal y como demostraba el hecho de que Kate se hubiera marchado en medio de la noche, cuando él estaba dormido. Sin tener la decencia de despedirse.

Se metió la alianza en el bolsillo y se dirigió hacia el salón. Una vez allí, abrió el enorme ventanal y salió al porche. La deslumbrante luz y los rayos del sol anunciaban otro nuevo día.

Miró a su alrededor. Tenía una hermosa casa, un exitoso imperio empresarial y, por fin, la tutela de Sofia. Había conseguido todo lo que deseaba. Todo menos una cosa.

«Kate». Lo que más deseaba en el mundo. Sin embargo, no iba a suplicar. Ella ya había tomado su decisión y, muy a su pesar, debía dejarla marchar. Desgraciadamente, no sabía cómo iba a vivir el resto de su vida sin ella.

Tomó el teléfono en una docena de ocasiones para llamarla, pero en una docena de ocasiones lo dejó sobre la mesa. No sería tan débil. Tendría el corazón roto, pero al menos tendría orgullo. No dejaría que Kate se lo arrebatara.

De repente, oyó un ruido a sus espaldas y se tensó. Sabía que Agní no estaba en casa y nadie se presentaba en su casa sin avisar.

—Nikos…

Él contuvo el instinto que lo empujaba a levantarse rápidamente e ir hacia ella, a tomarla entre sus brazos para no dejarla nunca escapar, pero, con un control sobrehumano, permaneció sentado.

—¿Se te ha olvidado algo? —le preguntó por encima del hombro.

—En cierto modo, sí.

—Bueno, pues ve a buscarlo —dijo Nikos con voz firme, dura, mirando aún hacia delante—. No dejes que te interrumpa.

—Ya… ya lo he encontrado. He venido a por ti.

—¿A por mí?

Antes de que pudiera levantarse, Kate le colocó las manos sobre los hombros.

—No, no te muevas, Nikos. No me mires. No puedo hacer esto si me estás mirando.

—¿Hacer qué?

—Mi confesión. Te amo.

Nikos escuchó aquellas palabras, que le caldearon por dentro como el dorado sol. Kate lo amaba. Trató otra vez de levantarse, pero ella se lo impidió de nuevo.

—No. Escúchame. Si no lo digo ahora, perderé el valor. Te he amado desde el primer momento en el que te vi y ese amor solo se ha hecho más fuerte y más profundo. Incluso cuando estábamos separados, incluso cuando me hiciste tanto daño, seguí amándote. He regresado para decírtelo porque, de repente, no podía soportar que no supieras la verdad sobre lo que siento por ti. Eres el único hombre que he amado en toda mi vida y el único al que podré amar –dijo. Entonces, se detuvo un instante para aclararse la garganta–. Ya está. Lo he dicho. Ahora, solo tienes que decirme la palabra y me marcharé.

–¿Marcharte? –repitió Nikos. Se puso de pie inmediatamente–. ¡No, Kate! –añadió estrechándola entre sus brazos–. No puedes irte. Ni ahora ni nunca.

–Pero…

–No hay peros que valgan, Kate. Quiero que te quedes a mi lado para siempre. Quiero que seas mi esposa en el sentido más real de la palabra. En todos los sentidos. Porque… porque…

–¿Sí?

–Porque yo también te amo, Kate. Más de lo que nunca podrías imaginarte.

–¡Nikos! –exclamó ella rodeándole el cuello con los brazos y poniéndose de puntillas–. ¿Estás seguro?

–Sí, Kate. Más seguro de lo que nunca he estado sobre nada en toda mi vida. En lo más profundo de mi ser, lo he sabido desde siempre, pero estaba tan cegado por la ira y el orgullo que me negaba a admitirlo. ¡Incluso a mí mismo!

–Supongo que los dos hemos cometido el mismo error.

–Es cierto, pero tú no podías saber que, tras mi arrogante aspecto, se escondía un hombre lleno de inseguridades.

–¿Es eso cierto? –preguntó ella con incredulidad.

–Nunca lo hubiera admitido, dado que ni yo mismo lo sabía, pero supongo que el hecho de que mi madre nos abandonara a mí y a mi padre cuando yo era tan pequeño hizo que yo sintiera que era culpa mía. Decidí que nunca iba a casarme. Entonces, apareciste tú. Enamorarme de ti fue algo muy grande para mí. Yo no creía que existiera el amor. Entonces, te conocí a ti y pensé que me habías demostrado que me equivocaba.

–¿Solo lo pensaste?

–Bueno, después de que tu padre muriera, vi un lado tuyo muy diferente. Decidí que había tenido razón desde el principio sobre las mujeres.

–Lo siento mucho. Nunca fue mi intención que te sintieras así. Yo estaba pasando por un mal momento. Estaba completamente centrada en cuidar de mi madre y no me paré a pensar cómo eso te estaba afectando a ti.

–Tú estabas en un mal momento y yo no te ayudé. Entonces, cuando te pusiste tan contenta por no estar embarazada, perdí el norte. Te dije cosas crueles e imperdonables. ¿Me podrás perdonar alguna vez por ello?

–No fue culpa tuya. Yo debería haberte explicado mi comportamiento desde el principio y te debería haber dicho lo de los problemas mentales de mi madre, pero ella me pidió que no lo hiciera. Me hizo prometerle que no se lo diría nunca a nadie.

–Bueno, pues te aseguro que su secreto está a salvo conmigo –prometió Nikos mientras le acariciaba suavemente la mejilla–. ¿Estoy en lo cierto al pensar que su enfermedad te ha afectado toda tu vida?

–Sí. Siempre sentí que tenía que ser la hija perfecta, tratar de ayudarla a encontrar el equilibrio en tiempos difíciles. Sé que puede ser muy difícil, pero es mi madre y la quiero.

–Por supuesto, y yo te amo por quererla a ella, pero creo que a mí me va a costar un poco llegar a ese punto.

–Con que me ames a mí es suficiente –comentó ella riéndose.

–De eso puedes estar segura. Siempre y para siempre –susurró él, antes de besarla suavemente–. ¿Qué te hizo volver?

–Estaba en el aeropuerto y mi vuelo iba con retraso. Cuanto más esperaba, más me daba cuenta de que no podía marcharme.

–En ese caso, doy gracias a Dios por ese retraso.

–Sí. Comprendí que me estaba alejando de lo único que me importaba en la vida. Por ello, llamé a Charles Lewis y le dije que no iba a acudir a la cita. Sabía que tenía que explicarte lo que sentía, aunque estaba convencida de que tú no me correspondías.

–Oh, Kate.

–Y habría aceptado ese rechazo. Me dije que lo único que importaba era que consiguiera que vieras lo que yo sentía.

–Eso hace que seas mucho más valiente que yo, en especial después de haberte tratado tan mal. Y solo porque me aterraban mis propios sentimientos. Esta mañana, cuando me desperté y vi que te habías ido, quise salir corriendo detrás de ti, pero mi estúpido orgullo no me lo permitió. Por eso, querida Kate, muchas gracias por ser la mujer más hermosa, perfecta y valiente del mundo. Y, sobre todo, gracias por amarme. ¿Me harías el honor de pasar el resto de tu vida conmigo?

–Será un placer.

Nikos se metió la mano en el bolsillo del pantalón y sacó la alianza de boda. Con mucha ceremonia, se la volvió a colocar en el dedo a Kate. Durante un instante, los dos permanecieron mirándola. Entonces, Nikos entrelazó los dedos con los de ella y bajó la boca para besarla. Cuando sus labios se unieron, los dos supieron que aquel beso era muy especial porque era el inicio de una vida de felicidad juntos.

Epílogo

¿CUÁNTO tiempo más?

—Dos minutos y cincuenta y cinco segundos —replicó Kate mientras dejaba el teléfono, en el que había iniciado el cronómetro, sobre el suelo.

—¿Y no podemos mirar ya?

—No. Tienes que ser paciente —insistió ella mientras guardaba el dispositivo a la espalda.

—La paciencia nunca ha sido lo mío.

—En ese caso, haz algo para olvidarte.

—Bueno, se me ocurre una cosa, pero dos minutos y cincuenta y cinco segundos no es suficiente.

Kate sonrió y le tomó la mano.

—¿Estás nervioso?

—Más bien emocionado. ¿Cuánto tiempo falta ahora?

Kate apartó el teléfono de él. Los dos estaban sentados sobre el suelo del dormitorio, con la espalda contra la pared. Al menos Kate había conseguido que Nikos no entrara al cuarto de baño con ella.

—En realidad, hay algo que tengo que decirte. He tomado una decisión. Voy a vender Kandy Kate.

—¿Cómo? —le preguntó él visiblemente sorprendido—. ¿Quieres decir si estás embarazada?

—No. Lo esté o no lo esté. Me he pasado mucho tiempo pensando que Kandy Kate es lo único que importa y que es lo que soy, pero ahora, gracias a ti, sé que no es cierto. Ya no soy una niña de trenzas. De hecho, no lo fui nunca. Siempre estaba tratando de reflejar una parte de mí que no existía. Ahora soy yo. Una mujer enamorada locamente del hombre más maravilloso del mundo. Tú lo eres todo para mí, Nikos, y eso es lo único que importa. Gracias por hacérmelo ver.

—Kate, debería ser yo quien te diera las gracias a ti por haber derribado las barreras que nos separaban. Te quiero tanto...

—Yo también te quiero. Más de lo que puedo expresar con palabras.

—¿Y qué vas a hacer? Es decir, no tienes que hacer nada. Si quieres quedarte en casa, por mí perfecto.

—Me gustaría dedicarme más a la fotografía y también implicarme en algún voluntariado u obra benéfica. Estaría bien si pudiera combinar las dos cosas. Tal vez... tal vez podría ayudar a tu padre en la *taverna*. Sé que no siempre ha sido un buen padre para ti, pero me gustaría intentar enmendarlo. Eso es, si Marios me acepta, claro está.

—¿De verdad? —le preguntó Nikos riéndose—. Sigue con ese lugar él solo. Se niega a jubilarse, aunque yo me he asegurado de que no le falte de nada económicamente.

—No tiene que ver con el dinero. Es su vida.

—Tienes razón, pero no esperes que yo me vuelva a poner a servir mesas.

—Pues es una pena. Eras un camarero encantador —comentó ella acariciándole la mejilla.

Nikos le tomó la mano y se la apretó a los labios.

—Entonces, ¿nuestros hijos no heredarán un imperio de la confitería?

—Desde luego que no. Quiero que nuestros hijos tengan la libertad de hacer lo que quieran, ser lo que quieran, libres de toda responsabilidad... ¿Qué ocurre?

De repente, se dio cuenta de que Nikos la estaba mirando con intensidad.

–Lo sabes, ¿verdad?

Kate asintió.

–Me siento… diferente.

–¿Diferente… como embarazada? –le preguntó él. Kate volvió a asentir–. Vamos, muéstramelo.

Nikos se giró hacia ella y agarró la prueba de embarazo. Kate apretó los ojos. Se produjo un agónico silencio seguido de un grito de felicidad. De repente, sintió que Nikos la apretaba entre sus brazos.

–¡Es positivo, Kate! ¡Vamos a ser padres!

Nikos le enmarcó el rostro entre las manos y apoyó la frente sobre la de Kate. Permanecieron así durante unos maravillosos segundos, asimilando la magnitud de aquel momento. Después, instintivamente, unieron sus labios para compartir un tierno beso.

De ese modo, protegida por el poderoso abrazo de Nikos, rodeada por el inmenso poder del amor que él sentía hacia ella y el de ella por él, Kate experimentó una profunda alegría que le aseguraba que, en aquella ocasión, todo iba a salir bien.

El objetivo de él era conseguir que las relaciones románticas fuesen fáciles

BAJO LA LUZ DEL NORTE

Louise Fuller

Lottie Dawson se había quedado atónita al descubrir la identidad del padre de su hija, aquel irresistible desconocido con el que había pasado una única e increíble noche. Ella no había conocido a su padre, de modo que tomó la decisión de encontrar a Ragnar Stone por el bien de su hija, a pesar de que lo que aquel hombre la hacía sentir le aterrase…

La caótica infancia de Ragnar le había inspirado para crear su millonaria app de citas. Cuando Lottie le reveló que el indescriptible encuentro de ambos había tenido consecuencias, decidió de inmediato y sin dudas reclamar a su bebé. Pero los sentimientos que despertaba Lottie en él… ¡eso era infinitamente más complicado!

DESEO

Contrató a una profesional para que le buscara una esposa, pero no podía ser la mujer a la que deseaba

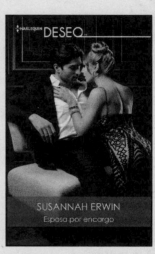

Esposa por encargo

SUSANNAH ERWIN

Para salvar su negocio, Luke Dallas necesitaba casarse. Y contrató a Danica Novak para buscarle a la mujer adecuada. ¿Cuál era el problema? La hermosa y cautivadora Danica les estaba desviando de su objetivo, porque los dos sentían una atracción mutua, pero Danica se negaba a renunciar a cualquier relación que no implicara amor.

Bianca

La fruta prohibida... ¡y las consecuencias de sucumbir a la tentación!

LA FRUTA PROHIBIDA

Carol Marinelli

Aurora Messina era todo lo que el cínico magnate Nico Caruso no debería desear: impulsiva, sensible... y parte del pasado del que intentaba distanciarse. Pero iba a trabajar en su nuevo hotel, y la explosiva química que había entre ellos hizo que se tambaleara su férrea capacidad de autocontrol y acabaran teniendo un tórrido encuentro sexual.

Poco después, Aurora descubrió que se había quedado embarazada. Sabía que Nico no quería casarse, ni formar una familia, porque todavía arrastraba ciertos traumas de su infancia. ¿Podría aquel hijo inesperado darle a Nico una razón para arriesgarlo todo?